美食の夜に抱かれて

CROSS NOVELS

日向唯稀
NOVEL:Yuki Hyuga

明神　翼
ILLUST:Tsubasa Myohjin

CROSS NOVELS

CONTENTS

CROSS NOVELS

CONTENTS

美食の夜に抱かれて

Presented by
Yuki Hyuga
with
Tsubasa Myohjin

日向唯稀

Illustration
明神　翼

CROSS NOVELS

1

銀座《ぎんざ》で開業して以来、国内外で屈指の高級施設としての地位を守り続けるホテル・マンデリン東京《とうきょう》。そのメイン宴会場であるボールルームでは、これから招待客三百名を迎えての披露宴《ひろうえん》が始まろうとしていた。

いくつものシャンデリアと生花で彩《いろど》られた会場内には、新郎新婦が着席する高砂《たかさご》の席の他にセッティングが完了した円卓が三十一組並び、バックヤードには四十五名のスタッフが準備万全で構えている。

「よし。集合」

しかし、本日の責任者である黒服の年配社員が声を発すると、同時に彼の腕時計からピピ……ピピ……と、アラームの音が響いた。

彼を囲むスタッフたちが、一瞬気を取られて顔を見合わせる。

「――と、そうだった。飛鳥馬《あすま》、アップの時間だ。ギリギリまでありがとう」

「いいえ。こちらこそ途中までですみません」

どうやら、本日の仕事はここまでというスタッフがいたようだ。

申し訳なさそうに会釈をした黒服の胸元には、飛鳥馬佳久《よしひさ》の名札が付けられている。

スラリと伸びた長身に、清潔感のあるインテリジェントなマスク。銀縁の眼鏡《めがね》にきちんと流された頭髪は、彼の真面目さを窺《うかが》わせる反面、どこか禁欲的な色香を醸《かも》し出している。煌《きら》びやかなホールに立って尚際立つ存在感を持つ彼だけに、地味なバックヤードに立てば神々《こうごう》しいほどだ。

集合の前列にいた若い男性社員たちが先を争うように口にした。

「え？　飛鳥馬さん、もう上がりですか？　土曜の大安ですよ」

「まさに稼《かせ》ぎどきっていうか、この部屋朝から披露宴二発にトドメが二次会パーティー付きの、残業確定コースなのに。最後までご一緒できるんじゃないんですか？」

後列のほうでも、「え？」「早上がり？」「嘘《うそ》！　大部屋なのに？」と、残念かつ不安そうな声が聞こえ始める。スタッフのモチベーションが一瞬にして下がったのがわかる状況だ。

しかし、それでは困る。

「まあまあ、落ち着けって」

部屋を仕切るもう一人の黒服社員、宴会課の課長がスタッフたちを宥《なだ》めにかかった。

だが、そんな彼が見渡しても、この場には飛鳥馬と黒服の社員二人を除けばバンケットスタッフ用の制服を着た者しかいない。社員であっても、また配膳会社からの派遣員であっても、責任者や進行役を務められるのは、黒服を着用できる立場の者に限られる。

飛鳥馬が抜けたら、黒服が二人になってしまう。

スタッフのざわめきは、不安から起こっているのだろう。

「でも、課長。ボールルームで三百人クラスですよ。そのあとの二次会だって二百人予定なのに、いなくなっちゃうんですか？」

「だから、休みだったところを無理言って、一発だけでもって頼んで来てもらったんだよ。確かこれから同窓会なんだよな？」

「はい。中学時代のですけど」

ただ、耳にした会話の流れから、スタッフたちも納得をし始めた。

今日に限っては、朝から飛鳥馬が入っていたことが予定外だったのだ。

おそらくシフトに入っていた黒服社員が欠席となったため、急遽《きゅうきょ》ホテル側から配膳会社に懇願、派遣員の要請をしたのだろう。

その結果、飛鳥馬が休みを返上して、早上がりを条件に来てくれたということだ。

とはいえ、時刻はすでに四時近い。

どこで何時スタートの同窓会なのかはわからないが、普通に考えれば夕食時だ。ここから直接向かうにしても、慌ただしそうだ。

課長とスタッフたちの何気ない会話が、その場を去ろうとした飛鳥馬の足を止める。

時間が迫っていたが、ここは場の雰囲気をよくした上で撤収《てっしゅう》したほうがよさそうだ。

「いいな〜」

「え？　同窓会って羨《うらや》ましいか？」

「そうじゃないですよ、課長。羨ましいのは、同窓会に来る元同級生さんたちです。飛鳥馬さんにさらっとビュッフェの取り分けとか、してもらえるんじゃないかな～って。俺の願望も込みですけど」

「あー。そういうことね。確かに、そういうのを想像すると羨ましいな」

「でしょう。俺たちには一生縁がないパターンですからね」

一度は浮上しかけたモチベーションが、妙な理由で下がり始め、これはまずいと今度は飛鳥馬自身がフォローに入る。

「そんなことはないだろう。それぐらいのことなら、今度仕事終わりにでもサービスするよ。居酒屋の大皿料理の取り分け程度になるだろうけど」

「本当ですか！」

「やった‼」

見る間にスタッフたちの表情が明るくなった。

さすがに万歳まではしないが、小さくガッツポーズを取っているスタッフが大勢いる。

「はしゃぐなよ。みっともねぇな」

「だって、課長。香山配膳《かやまはいぜん》トップテンメンバーの飛鳥馬さんですよ。一世一代の披露宴をしたところで、高砂のサービスをしてもらえるかどうかもわからないサービスマンの一人ですよ」

「そうですよ！　飛鳥馬さんを指名したいホテルやレストランが、都内にどれだけあることか。俺なんか同じ部屋で仕事するのも三ヶ月ぶりですからね」

「俺は半年ぶり！」

　しかし、こうなるとはしゃぎすぎだ。

　ミーティングも始まらない。

「――とか言って。お前ら、それ香山のメンバー全員に言ってるんじゃないのか？　先週末だって、高見沢《たかみざわ》が来たときにはしゃいでたじゃないか」

「それは、高見沢さんは高見沢さんで、飛鳥馬さんは飛鳥馬さんなんです」

「個人的な好みも入るんですから、突っ込まないでくださいよ」

　時間と進行を気にして、飛鳥馬が課長に「そろそろ」と目配せをし、最後に一声をかける。

「え〜。だったら、香山社長本人が来たときはどうなってるの？　もはや神レベルのサービスマンだよ。俺なんか存在を忘れられるぐらいの大騒ぎになってるんじゃない？」

「そんなことないですよ、飛鳥馬さん！　内緒ですけど、これでも派閥《はばつ》があるんです」

「そうです。俺たちは飛鳥馬佳久支持者なんです。やっぱり同じ香山の方でも、最初に仕事をした方に、特別な愛着が湧くんですよ。もう、初めて親鳥を見るひな鳥状態！」

「本当。課長も変なこと言わないでください。先週騒いでいたのは、高見沢さん信者です。俺たちが誤解されちゃうじゃないですか」

「知るかよ、そんなの。あ、それより飛鳥馬。気をつけていけよ。引き止めて悪かったな」

最後は投げやりな台詞《せりふ》で会話を締められるが、機嫌を悪くしている者は誰一人いない。

このあたりは元からの関係のよさが窺えるところだ。

「いいえ。それでは、また次の機会に。お先に失礼します」

「お疲れ様でした」

ミーティングに差し支えのない時間を残して、飛鳥馬がその場を去る。

バックヤードから真っ直ぐに向かったのは、一階にある派遣スタッフ専用のロッカールーム。

マンデリン東京には契約している派遣会社が随時五社あるが、さすがに多忙を極める今日のこの時間に上がる者は一人もいない。ガランとした一室に入ると、改めて申し訳なく思うが、時間も迫っているので手早く着替えてしまう。

(ビュッフェのサービスか。あいにく、同窓会でそんなことになったとしても、給食当番感覚でしか見てもらえないのが現実なんだけど——!?)

自前の仕事着から私服に着替えたところで、スマートフォンが震えた。

ジャケットの胸ポケットから取り出して見る。

〝おはよう。今日はこれから式の打ち合わせに行ってくる〟

久我《くが》克喬《あきたか》の名前で表示されたメールには、本日の予定が綴《つづ》られていた。

こんな調子の内容で、一日に一度か二度は必ずメールが来る。

飛鳥馬は最初の一行を読んだところで、画面を閉じた。

スマートフォンをポケットに戻す。

（婚約者とロンドンまで行って、式の段取り。それをいちいち別れた相手に報告してくる神経がわからない。あれ以来、電話には出ていない。メールも一度として返してないんだから、いい加減に納得すればいいのに。なんなんだ）

その後は空にしたロッカーの扉を閉めて、部屋をあとにした。

（着信拒否ができない俺も悪いんだろうけど……）

ホテルの裏口から外へ出ると、セットされた前髪に利き手を差し向け、溜息《ためいき》交じりに崩していく。

今朝は盛夏のわりに風が涼しくて爽快《そうかい》にさえ感じたが、気分のためか一気に不快指数が上がったように感じられた。

＊＊＊

夕方六時に現地集合。会場に指定されたフレンチレストランは、都心から幾分離れた駅前ホテルの中にあった。

快速特急が停まる駅だけに、交通の便は悪くない。二時間予定の一次会から二次会に流れたとしても、終電までには時間の余裕もある。ホテルの雰囲気は、特別敷居が高いタイプではなく、清潔感があって好感を覚える。

「いらっしゃいませ」

「上のレストランに行くんですが、これをお願いします」

「かしこまりました。では、こちらの控えカードを」

「ありがとう」

飛鳥馬は黒服の入ったガーメントバッグをクロークに預けてから、最上階のレストランフロアへ上がった。

五分前には出席者全員が揃《そろ》い、開始時刻ピッタリに幹事が開会の挨拶《あいさつ》を始める。

「――それでは、ご唱和をお願いします。卒業から十五年。誰一人欠けることなく、こうして元気に顔を揃えられたことを祝して、乾杯！」

「乾杯！」

歴代の幹事が几帳面なのか、中学の同窓会は約五年ごとに開催されていた。

だが、飛鳥馬自身は卒業後すぐに開催された、最初の会にしか出ていない。二十歳のときには、語学と高級給仕《シェフ・ド・ラン》のサービスを学ぶために、本場フランスはパリに在住していたからだ。

そして、そんな生活は二十七の年まで続いて、今年で三十になろうとしている。

ほぼ十五年ぶりの再会とあって、心境は完全に浦島太郎だ。同窓生たちの顔を見たところで、面影は感じるが、名前が出てこない。

それでも知らせをくれた三人の幹事の名前だけは覚えてきたが、名札を確認しなければ、わからないのは変わりがなかった。

(――まあ。付き合い続けている友人・知人がいなければ、こんなものかな)

飛鳥馬はそう開き直ると、乾杯後はビュッフェを楽しみながら、店内を見て回ることにした。

その視線は真剣そのもので、無意識のうちに職業柄が出るようだ。

(洋館のレトロな雰囲気の店内に、鮮度のいい食材。派手さはないけど基本に忠実で、美味な料理。何より慌ただしさを感じさせない、落ち着きのあるサービス。メートル・ドテル《給仕長》の教育が行き届いてるのかな? 会費のわりには総じてレベルが高い。この店は誰が選んだんだろう)

正直言ってしまえば、欠席も考えた同窓会だった。

来る気になったのは、恋人と別れた気分転換から。あとは、なんとなく気になっている人物が出席しているかもしれない――と考えたからだ。

インターネットニュースで見たので現在の顔もわかっている。飛鳥馬はぐるりと同窓生たちを見回した。

「すごいね、うちの幹事。店もコース選びもセンス抜群」

「幹事っていうより、助っ人に加わってる篁《たかむら》だよな。料理大会でフレンチ部門の金賞を取るような凄腕シェフだ。むしろレストラン側のほうが、篁からの予約にビビって気合いを入れまくったんじゃないのか？」

「だよな。同業者が一目置くような一流ホテルの看板シェフの同窓会ってなったら、客の目そのものが厳しいって踏むかもしれないし」

「言えてる！」

するとと、唯一顔と名前を覚えていた男の名前が耳に飛び込んできた。

（篁が幹事の助っ人？　やっぱり。それでこの店選びだったのか）

疑問が一気に解消されて、口角が上がる。

篁恭冴《きょうご》は、パリを拠点に各国主要都市に施設を構える外資系ホテル・モン・シュマン東京一押しのフレンチシェフだった。

会話に出てきたとおり、昨年パリで開催された国際料理大会・フレンチ部門で金賞を受賞しており、その吉報は仕事柄飛鳥馬の耳にも入っていた。

――どこかで聞いた名前だ。

そして、突然過去への扉が開かれた。

――あ、もしかして！

飛鳥馬はいつになく逸《はや》る気持ちでネットニュースを探し、受賞写真で彼の顔を確認した。

――当たりだ！　面影が残っている。篁恭冴だ。

特に仲がよかったわけではないが、篁はこうしたきっかけさえあれば簡単に思い出せるほど好印象しかない生徒だった。

学年か学校に一人はいてほしいヒーロー的な存在で——。

ただ、そんな彼だけに、周りにはいつも大勢の友人がいた。

遠目でそれを見ているだけだった飛鳥馬のことなど忘れているかもしれないし、そもそも覚えてさえいないかもしれない。

そこまで考えると、飛鳥馬はネットニュースを閉じていた。

最近になって同窓会の招待状が届かなければ、記憶の扉は再び閉じられたままだったかもしれない。

（モン・シュマン——、確か日比谷《ひびや》だよな。かなり前に、株主招待があるから泊まってみるか？なんて聞かれたこともあったが、行かず終いだった。今度、時間を作って食べに行ってみようかな。ラウンジバーに行くのはコネか宿泊が必要みたいだけど、レストランならランチかディナーで予約ができるはずだし）

飛鳥馬は、会場に来てからまだ篁の姿さえ見ていないというのに、話しかけるのはやめると決めてしまった。

プライベートで楽しみに来ている彼に、やはり仕事を題材に話しかけるのは失礼だろう。

ましてや彼の料理を食べたこともないのに——。

そう考えると、声をかけたところで話題も何もない。そのつもりがあるなら、事前に行っておくべきだったと、気がついたからだ。

「飛鳥馬。何突っ立ってるんだよ、こっち来いよ」

ぼんやり佇んでしまったためか、背後から声がかかった。

スーツ姿の男性四人がグラスを片手に微笑《ほほえ》んでいる。

「相変わらず無口っていうか、お堅いムードが満載《まんさい》だけど、今は何をしてるんだ？　もしかして金融とかそっち系？」

十五年ぶりだというのに、自分を覚えてくれているだけですごいな――と思う。

それが仮に、いい意味での記憶ではなくても、ほとんど忘れている飛鳥馬からすれば、感心するばかりだ。

ここは営業用ばりのスマイルで答えた。

「配膳会社の派遣員だよ」

「配膳会社？」

「え？　社名は」

「香山配膳」

「聞いたことねぇな。しかも、派遣って本当かよ」

しかし、返ってきたのは、どこか嘲笑《ちょうしょう》を含んだものだった。

「何、お前。リストラでもくらったの？　俺たちの年で定職に就《つ》いてないって、やばくない？」

この年でその口調のほうがよほどやばいだろう――とも、突っ込めない。

「成人式のときに、海外留学したとかなんとか聞いたけど。それでも派遣なのかよ」

「いやいや。今どき留学経験だけじゃあ、目立った経歴になるかどうかもわからねぇよ。ようは、行って帰ってきた経験じゃなくて、そこで何をしてどんな資格を取ってきたかが大事なんであって」

「まあ、そうか。名ばかりの短期留学なら、小学生にだってできる時代だしな」

つい数時間前にいた、マンデリンのバックヤードでの飛鳥馬への評価とは雲泥《うんでい》の差だった。

だが、飛鳥馬が職に関してこういった反応をされるのは、今に始まったことではない。

むきになって説明するのも面倒くさいので、黙って聞き流すのに徹《てっ》している。

「それにしたって、配膳で派遣ってなんだ？　ウエイターとしての定職先もないってことなのか？　バイトリーダーでもどうかと思うのに、大丈夫なのかよ」

「まさか本業は主夫ですとか、ヒモですとか言わないよな？」

「いや、それならある意味、勝ち組じゃね？　奥さん稼いで、自分はバイトでいいとか、超憧れる」

それでも、さすがにこれはどうなんだ？　と思う。

同窓生たちの想像力がステレオタイプなのか、よほど自分が情けなく見えるのか、飛鳥馬も判断がつかずに苦笑気味だ。

しかも、そこへＯＬ風の女性たちが加わってきた。

「何よそれ。主婦だって重労働なのよ」

「あんたたち。じつは家事は仕事じゃないとか思ってる前世紀脳？　そんなんじゃ一生結婚できないわよ。今は共働きで家事折半《せっぱん》が常識の二十一世紀なんだから」

「それでも派遣バイトよりは、未来も可能性もあるよ。お前らだって婚活相手に、今の飛鳥馬は選ばないだろう」

「それは……」

「ねぇ～」

見てわかるほど、露骨な態度だった。

（まあ、婚活となったら収入は大事だ。当然の選択か）

決して気分はよくないが、かといってそれ以外の理由を並べ立てられても腹が立つだろう。

ましてや、変に気に入られても、これはこれで困る。

飛鳥馬が別れたばかりの恋人は、同性だった。異性とは付き合ったことがないからだ。

「おいおい。なんの話をしてるんだよ。あんまりいいムードじゃねぇな」

すると、更に背後から声がかけられた。

「篁！」

「篁くん」

(——え⁉)

衝動的に振り返る。

すると、そこにはテレビや雑誌、インターネットの記事などで見るよりも、はるかに精気を感じさせる篁恭冴が立っていた。

精悍《せいかん》なマスクとスラリと伸びた長身に、ノーネクタイのカジュアルスーツがよく似合う。

駆け出しのフレンチシェフでありながら、世に出た瞬間に人気を得たのは、金賞という実績のためだけではないだろう。

むしろ、俳優かモデルといっても通りそうなこのルックスのほうが目立つ。

途端に女性たちの目つきが変わる。

こうしたときに隠し立てなく表れるのは、優秀な異性を見分ける雌《めす》の本能。

そして、同性間の優劣を察知し、身を守ることに長《た》けた雄《おす》の本能だ。

「いや。飛鳥馬が今、配膳会社の派遣をやってるって言うからさ〜。せっかく留学までして、何してんのって言ってただけ」

「みんなで心配してたんだ。さすがに三十手前の男がそれってやばいだろうって」

「お前だって、香山配膳なんて聞いたことないだろう」

掌《てのひら》を返したような態度の男たちに、とうとう飛鳥馬は溜息が漏れる。

この上篁に見下されでもしたら、同業界にいる分根に持ちそうで、一歩、二歩と離れていく。

「――は？　知らないわけがないだろう。香山配膳は国内外でトップクラスの派遣会社で、一流ホテルより就職するのが困難だって言われるぐらい、プロ中のプロしか登録員になれない事務所だぞ」

しかし、飛鳥馬の足は、篁の思いがけない発言でピタリと止まった。

（え？　知ってるんだ）

同業とはいえ、誰もが知っているとは限らない。

飛鳥馬に新たな驚きが、そして喜びが生じる。

「それこそ新規登録の新人であっても、一流ホテルやレストランで社員教育を頼まれるようなレベルでないと無理だ。それに、海外ＶＩＰや国賓《こくひん》対応が基本だから、母国語以外の二カ国語が話せることが登録の最低条件だ。留学して何してんのじゃねぇよ。外国を転々とした帰国子女でもない限り、そうでもしなかったら入れないのが、飛鳥馬のいる香山配膳だ」

どうやら篁は、声をかける前から、話を立ち聞きしていたようだ。

内容は盛っていないが、わざとらしいぐらいに飛鳥馬を持ち上げ、彼らを煽《あお》っている。

「……っ、なんだよそれ」

「だったら早く言えよ！　恥をかかせやがって」

それでもとばっちりが飛鳥馬にくるのだから、中学時代に培《つちか》われた縦社会は侮《あなど》れない。

真面目でおとなしいという印象だけで、こうも下位に置かれていたのかと、今更気付いて目を丸くする。

「何言ってるんだ。どうせ派遣ってことだけで、日雇いのアルバイターか何かと勘違いしたんだろう。仮にそうだとしても、他人様の仕事や事情に対して、マウントを取るのはどうかと思うけど」

しかも、中学時代の下地がある上で、やはり派遣勤めがトドメを刺したようだ。

社会人だからこその価値観が加わり、飛鳥馬をランク付けの最下位に置いたことが、篁の指摘からも窺える。

「そこまで言わなくても」

「俺たちだって、最初に飛鳥馬が説明してくれれば、勘違いしなかったよ」

「そうだよ。俺たちはマウントしたんじゃなくて、心配したんだ」

それでも言い訳に転じることはあっても、謝罪の類いがないところで、篁は「何を言っても無駄だ」という顔をした。

「よく言うよ〜。専業主夫とかヒモとか言っといて」

その上、女性たちが口を挟んだものだから、更に空気は悪くなるばかりだ。

飛鳥馬は今一度後ずさりで、フェードアウトを試みる。

「お前らだってそうだろう！　飛鳥馬は収入ないから論外みたいな顔しといてさ」

「篁くんの前で勝手なこと言わないでよ。私は恋愛や結婚の対象に考えるほど、飛鳥馬くんのことはよく知らないって意味で返事しただけよ」

「そうだよ。篁くんみたいに目立つ存在なら、特別親しくなくても、どういう人かわかるけどさ。飛鳥馬くんは昔から口数が少なかったし、おとなしくて神経質そうな印象しかなかったんだもの。もちろん、あんたたちみたいに無神経なのは、はなから論外だけど～」

「なんだって」

話題の中心人物を無視して言い合うグループから逃れて、どうにか安全圏まで退いた。

(——どっちもどっちだって)

他に言葉が見つからない飛鳥馬を追いかけてきたのは、篁ただ一人だ。

「悪い、飛鳥馬。なんか、火に油を注いだ」

「いいよ、謝らないで。わざわざフォローしてくれてありがとう」

申し訳なさそうに謝る彼には、もちろん何ら罪はない。

飛鳥馬は、篁が香山や自分のことを知っていてくれるだけで充分だったし、ここは感謝のみを伝えて「じゃ……」と距離を取ろうとした。

再会を楽しみにしていた反面、いざとなると何を話していいのかよくわからなかったのだ。

やはり飛鳥馬にとって篁は昔から一定の距離がある存在で、目の前に立たれても動揺が起こるだけ。遠目で眺めているぐらいが丁度いいヒーローだったらしい。

「ならいいけど。ったく、どうしたらこの年になって、あのノリなんだかな」

（え？）

だが、当の篁は会話を続けてきた。

飛鳥馬は内心焦りながらも、足が止まる。

「同窓会だからね。気持ちが中学時代に戻ってるんじゃないかな。さすがに家庭や会社では違うと思うよ」

「そうか？　職場にもあの手のタイプはけっこういるぞ。半分はあんな感じじゃないかと思うんだが」

「半分は大げさだろう」

思いがけない立ち話に心が弾むも、飛鳥馬はすぐに周囲の視線に気がついた。

さっきのグループとは別に、篁に声をかけたそうな者たちが、女性のみならず同性にも多くいる。

こうしたところは、本当に昔も今も変わらない。

ルックスもさることながら、リーダーシップがあってスポーツが万能で。篁はとにかく人目を惹《ひ》く存在だ。

〝――なんだか、いつ見ても篁は元気で、カッコよくて、すごいな〟

教室や廊下で、グラウンドや体育館で、篁は常に友人たちの先頭を切って歩き、はしゃぎ、笑っていた。

飛鳥馬は、感心しながら見ていた自分しか思い出せない。

そう考えるとこの瞬間が、篁から寄せられたこの距離が、とても不思議に感じられる。

「それより詳しいんだね、香山配膳のこと。篁が勤めているホテル・モン・シュマンは、パリ本店から各国の系列店にいたるまで、徹底的に自社教育した者だけでこなす、回すっていうのが理念のところなのに」

この流れなら、仕事の話をしても大丈夫だろうか？

心配はしても、それ以外に話題がない。

飛鳥馬は戸惑いながら、話を切り出した。

「さすが、よく知ってるな。けど、ようはそういうことだよ。作ると配るの違いはあっても、同じ業界内のことだから自然と覚えるさ」

――なるほどな、と納得させられた。

篁が今の飛鳥馬に理解を示したのは、香山配膳の実績とブランドによるものだ。

同じ配膳派遣でも、別の会社の登録員なら、ここまで食いついてはこなかったかもしれない。

そう考えると、少し寂《さみ》しい気がした。

彼から高評価を示されたことに変わりはないのに、妙な空虚《くうきょ》を感じる。

「それを言うなら狭い業界だ。同業者でもない彼らがわからなくてもなんら不思議はない」

「だが、勝手な想像で下に見られる謂《いわ》れもない。飛鳥馬は自分のことだから聞き流しただろうが、馬鹿にされたのが仕事そのものだったらどう思うよ。俺なら〝一生外食するな〟ぐらいの勢いで怒るぜ。そもそもああいう輩《やから》は、怒られるまで気付かないし、気付かなければ何度でも繰り返す。まあ――、怒られても変われない奴は、一生同じことをするんだろうけどな」

だが、更に話を聞くにあたり、すぐに反省が湧き起こる。

篁が腹を立てたのは、彼らのマウント体質そのものだ。

飲食業やサービス業といった職種は、学歴や能力が必要ないと見なされているのか、何かと下位に見られることが多い。

それは飛鳥馬だけでなく、篁にも経験があるのだろう。

だからこそ、篁もあえて香山配膳を大げさに持ち上げた。

庶民では立ち入ることのできない、別世界であるかのような表現さえ交えていたと思う。

しかし、それは〝他人の仕事を侮るなかれ〟と言いたかっただけで、篁なら誰でもどんな職種であっても、ああして庇《かば》ったかもしれない。

また、こうした正義感と一貫性が、彼が慕われる裏付けだったのだろうと、今なら思う。

「篁は気丈で熱血だな。昔のままだ」

「飛鳥馬だってそうだろう。端《はた》からはそうと見えないだけで」

「そんなことは」

「謙遜《けんそん》はいらないよ。仕事に対して気丈かつ熱くなれない人間が、香山にいられるはずがない。

あそこは技術面以上に精神面がすごいと、シェフの間でも評判だ。だから、現場に一人入るだけで士気が上がる。シェフたちも、自分たちの仕事に誇りが持てるし、再確認もできるって」

——まあ。それでも香山配膳に対して、熱烈な思いと評価があるのは確かなようだ。

しかし、これは信頼と実績を作り上げてきた先駆者たちへの讃美だ。

立場が変われば、飛鳥馬のほうがもっと熱く語れる自信がある。

だからこそ、自分は香山配膳を目指し、努力し、そして登録員となったのだから——。

「まあ、極々《ごくごく》狭い世界でのことだけどな」

「——篁。ごめん。いや、改めて言葉にしてもらうと嬉しいものだね。ありがとう」

事務所と自分をイコールで結ぶのをやめると、微《かす》かに芽生えた妙な空虚も消えてなくなった。

変なところで意固地になっていたことにも気付いて、素直になれる。

香山配膳への評価は、イコール自分への評価ではないというジレンマで一瞬雲がかかったような気持ちになったが、嘘のように晴れていく。

「でも、きっとこういう誉《ほ》め上手なところが篁の魅力というか、男女問わず惹かれるところなんだろうな」

思いつくまま発してみた篁へ称賛は、自分で言っておきながらかなり照れくさい内容だった。

「俺は誰彼構わずは誉めないぞ」

しかし、明らかに気をよくして微笑んだ篁を見ると、やはりこの手の感想は口に出していいものだと確信する。

「それはそうだろうけど――。あ、何か取ろうか？　それとも、もう食べた？」

もう少し彼と話したい。

そんな気持ちが、飛鳥馬の意識を自然とビュッフェに向かわせた。

「いいや。ちょっと遅れてきたから、まだ何も」

「なら、苦手なものは？」

「特にない」

「さすがはシェフだ」

飛鳥馬が用意された直径二十センチ程度の取り皿を手にして、オードブルから魚、肉料理。サラダやソースを手際よく取り分けていく。

すでに手が付けられて、残り少なくなった料理のプレートだけを見ると、出遅れたがために残念なことになっているバイキングを思わせ、彩りも薄れてかなり寂しい。

だが、飛鳥馬から篁に渡された皿の上からは、何一つそのような雰囲気は感じない。

受け取った篁が、目を輝かせて、満面の笑みを浮かべる。

「やっぱり普段から完成度が違うんだな。これはコミ・ド・ランならではかな？」

「え？」

「誉めついでってわけじゃない。ただ、料理人の端くれとして、これを見たら言わずにはいられないんだよ。ひと品ひと品適量に取り分けられ、盛り付けのバランス、ソースのかけ具合までもがすべてベスト。欲張りすぎない見た目からのアプローチも抜群だ。ここのシェフが見たら、理想的だと喜ぶと思う。立食のパーティー料理とはいえ、本来なら見た目から綺麗に、そしてバランスよく食べてほしいな〜って気持ちは、どこかにあるだろうからさ」

「篁」

（――今夜は誉め殺しにする気か？）

飛鳥馬からすれば日常茶飯事だが、篁にとっては何かにつけて感動を生むものらしい。

立食しているだけの姿が、一枚絵のように見える彼のほうが、飛鳥馬にはよほど感動的だというのに――。

「こんなところで堅苦しい話になるけど、レストランサービスならキッチンで盛った完成品を、テーブルまで運んで出してもらうだけだ。それだって、凄腕のシェフ・ド・ランやメートル・ドテルの技術と知識力、接待力には敵《かな》わないと思わされることも多い」

しかも、会話がてらだというのに、フォークで口元へ運ぶ食べ方が、とても綺麗《きれい》で品がある。

この姿にしろ、空になった皿にしろ、飛鳥馬から見れば彼こそがシェフとしても、一人の男性としても完璧な存在だ。

一見ほっそりと長く見える手は大きく骨張っており、銀製のフォークとのコントラストがとてもセクシーだ。

そしてそれは、話すのも食すのも魅力的な唇も同様で、つい見入ってしまう。

「――けど、披露宴なんかをメインにするコミ・ド・ランというか、バンケットスタッフは、また別物だろう。ワンテーブル八人前から十人前の大皿料理をバックヤードから持って行き、その場で片手作業の盛り付けやプレゼンテーションをする。持つ手の筋力もさることながら、利き手の器用さも必要で。当然、接客しながらのサービスだから、コミュニケーション能力も不可欠だ。俺が調理台に皿を置いて、尚且つ両手を使って盛り付けて完成させているのとは違う。時にはアシスタントも使うし。けど、これらの動作を、テーブルを回りながら片手でやるのかって考えたら、すごいな――以外の感想が出てこないんだよ」

(唇にも男らしいというか、男性的な形、色艶ってあるものなんだな)

「ん？　何。俺、変なこと言ってるか？」

「そんなことはないよ。嬉しくて聞き入って……、あ。フルーツも取るよ」

視線が合うとドキリとして、飛鳥馬が逸らす。

(……いけない、いけない。つい、見入ってしまった)

たまたま目先にパインやリンゴといったフルーツが置かれていたものだから、見惚《みと》れていたのを誤魔化《ごまか》すように小皿へ盛り付け、せっかくだからと料理の並びにあったバーカウンターへ足を向ける。

水割りなどを提供していたウエイターに「少しだけ」とストレートのブランデーをもらってフ

ルーツに振り、篁の前まで戻って常備している細身のライターを胸元から取り出した。

煙草を吸うわけでもない飛鳥馬が洒落《しゃれ》た銀のボディのライターを持っているのは、言わずと知れたプレゼンテーションのため。

「誉めてもらった御礼に」

小皿に載《の》せたフルーツを、その場でフランベしてみせる。

ブランデーが炎を放ったのは一瞬だが、程よい香りが立つ。

これもまた立ち姿での片手作業だったが、動作の一つ一つが魅せるためのものとして完成されているため、美しい限りだ。

「すげぇ」

「私が見たことのあるフランベと違う。滅茶苦茶カッコいいというか、綺麗だわ」

「――だよな！　あとで俺たちの分も頼もうか。さっきのこと謝ったらやってくれるかな？」

「とりあえず、ごめんだよな。本当、篁がむきになったのが理屈抜きにわかるもんな」

偶然側で見ていたさっきのグループは目を見開き、新たにはしゃぐ話題にしていた。

また、バーカウンターから様子を窺っていたウエイターは身を乗り出し、よほど感動したのか、溜息を漏らす。

「さすがだな。いい香りだ」

篁にいたっては、クラシカルだが最高のプレゼンテーションに、驚喜が隠せずにいる。

デザート用のフォークを手にしながら、フランベされたフルーツを美味《おい》しそうに頬張《ほおば》った。

「美味《うま》い」

飛鳥馬にとっては何より嬉しい瞬間だ。

「よかった」

飛鳥馬は今一度バーカウンターへ身体を向けると、グラスワインを二つ手に取った。

締めの料理がないビュッフェなので、フルーツのあとにスパークリングワインで喉を潤すのも悪くはない。

篁も空の小皿をウエイターに渡すと、代わりに飛鳥馬から差し出されたグラスを手に取った。

改めて、乾杯のまねごとをする。

「――けど、これだから、俺がカチンってくるのは、こういうところにまったく技術を感じなかったり、認めない奴らなんだよな」

「篁」

ただ、飛鳥馬が機嫌よくサービスすればするだけ、篁からは愚痴《ぐち》がこぼれた。

同窓生が相手とはいえ、他の者に言う気はないようだ。

飛鳥馬が同業者だから、つい甘えが出ているだけだろう。

だが、これはこれで心地好い。

篁に話の通じる理解者として認知された気がして、嬉しく感じるくらいだ。

「配膳とかウエイターって職種そのものを舐《な》めきってて、そのくせ外食先で雑な接客をされたら怒るだろうに――。だったら、綺麗に気分よく配ってもらったときには、素直に喜べよ。そこに価値や対価があるんだってことに気がつけよって思う」

「――気持ちはわかるけど、難しいね。お客様にとっては、気分がよくて当たり前。サービス料は値段内という感覚で行く店が大半だろうし。そもそも雑な接客で気分を害されることは前提にない。だいたい外食の場も千差万別なら、そこで求めるサービスや対価も千差万別だからね」

それでも飛鳥馬が一から十まで同調するかといえば、それはない。

篁の愚痴はただの愚痴ではない。

真摯《しんし》に仕事に向き合っているからこその感想や意見であり、誰でもいいから賛同して、一緒に愚痴ってほしいわけではないだろうと感じたからだ。

「ああ、そうか。サービスに感じる善し悪しなんか、結局は本人にしかわからないことだもんな。俺なんか、飛鳥馬のプレゼンを見ただけで大興奮だし。一皿の料理が、一杯のグラスワインが本来の何倍も美味く感じてるのにな」

――やはりそうだった。

篁は飛鳥馬の意見を素直に受け止め、自分なりに視野を広げていく。

自分のいる業界に信念はあるのだろうが、その一方でとても柔軟な思考の持ち主だ。

「他にも何かお持ちしましょうか？」

「そういう気配りも最高だ」

「篁のトークが軽快だからだよ」

とはいえ、飛鳥馬も自分の勘がはずれなかったこと、愚痴に追従《ついしょう》しなかったからといって篁の機嫌が悪くならなかったことには、安堵《あんど》を覚えていた。

ホッとしてから気がついたが、できあがったばかりの関係性を大事にしたい。壊したくないと、かなり強く思っていたようだ。

「篁は、対面調理で提供する形もありかもね。お客様がいっそう喜ぶ気がする。今夜のワインはいつもの数倍は美味しく、そして甘く感じるし」

「何、誉め殺し？」

「それを言うなら、俺のほうがとっくにやられてる」

飛鳥馬の今の心境は、笑顔で発した言葉のままだった。

篁との会話に、感じたことのない高揚《こうよう》を覚える。

「飛鳥馬」

「お互い様だよ」

「そうか」

すっかり話の中心が仕事になってしまってはいるが、互いの仕事を尊重し、誉め合い、意見を交わし合い、そしてまた誉め合うというのが、思いのほか気持ちがよかった。

篁にしてもこのあたりの感覚は同じだろう。

「それより、飛鳥馬はこのあとの予定は決めてるのか？」

「帰って寝るだけかな。篁は二次会なんだろう」

「いや。二次会の予定は組んでない。一次会の状況にもよるだろうと思ったから、解散後は個々でどうぞっていう取り決めにしてある。だから、もし時間の都合がつくなら、俺と二次会をしないか？　仕事話が弾みすぎて、酒がまずくなるような愚痴が増える可能性は、なきにしもあらずだが」

「——いいよ。チャンピオンシェフ直々の愚痴なんて、そうそう聞けるものじゃない。かえって勉強になるよ。どうせなら、こんな配膳人は嫌だとか言ってもらえるとありがたいかも」

飛鳥馬は思いがけない誘いを受けるも、快く承知した。

開会の挨拶以外は、催し物があるでもない同窓会の閉会は八時。それから場所を変えたところで、終電にはまだ時間がある。仮にそれを逃したとしても、お互い三十近い男同士だ。どうとでもなる。

「なら、〝こんなシェフは嫌だ〟もよろしくな。俺の無知で、知らず知らずにフロアの空気を悪くしてるとか、あるかもしれないからさ」

篁目的で来たかもしれない同窓生たち、特に女性たちには申し訳なかったが、その後飛鳥馬は仕事話を堪能した。

「そういうところに気の回るシェフがいるフロアなら、まず大丈夫だよ」

「何よりの誉め言葉だ」

閉会後の二次会場所には、篁が「いい店がある」というので、すべて任せることにした。

2

一次会会場のあった郊外から、電車と徒歩で一時間。飛鳥馬は篁に案内されるまま、日比谷界《かい》隈《わい》にあるホテル・モン・シュマンへ移動した。

東京駅を中心とした山手線《やまのてせん》の内外には、老舗《しにせ》の高級ホテルが数多く存在している。

中でも歴史のある欧州外資系ホテルの進出は多く、モン・シュマン東京もそのひとつだ。

客室総数は三百前後と多くはないが、全室がスイートルーム仕様で、装飾は主に新古典主義のパラディオ様式を採用している。

それが絢爛《けんらん》な中にも、厳格さを生み出しており、飛鳥馬は正面玄関から最上階のレストランフロアへ移動する間、幾度か溜息を漏らした。

(――素晴らしいな、ホテル・モン・シュマン。話だけは聞いていたが、実際に足を踏み入れると、ちょっとした海外旅行気分が味わえる。ベルボーイからフロントにいたるまで、外国人スタッフも多く目につくし、実際海外からのトラベラーも多そうで、理想的な国際ホテルだ。しかも、これを正社員だけで運営しているとしたら、すごい経営手腕だ。人件費削減のため、契約社員と派遣を入れて調整を取っているラグジュアリーホテルも少なくないのに)

そうして、篁がその場で予約を取って案内してくれたのは、都内を一望できるラウンジバーの窓際、それもボックス席。

簡易個室の役割も果たしており、背もたれの高いL字形のシートを向き合わせることで、店内からは姿が見えづらく、また会話も漏れにくくなっている。

恋人たちの語らいから商談まで、幅広く利用されそうな空間だ。

また、日中と夜では違う顔を見せるのだろうが、キャンドルとチーズ・ア・ラ・カルト、スコッチのボトルセットが並ぶカウンターの向こうに広がる夜景は、宝石箱さながらの輝きを放っている。

飛鳥馬はここでも篁のセンスのよさ、チョイスのよさを垣間見る《かいまみ》ことになった。

自分がイメージしていた賑やかな同窓会からの延長とは、思えない展開だ。

「腰を据《す》えて飲むなら、会話が漏れずにボトルがあるところ――って思ったらここになったんだが……。悪いな、陣地に引っ張り込むみたいになって」

「いや……。まさか、モン・シュマン東京のラウンジバーに誘われるとは思わなかったから、嬉しいよ。一度来てみたかったんだ。いいお店だし、夜景も綺麗で、すごく贅沢《ぜいたく》な気分だ」

一応「これでいいか」と確認されて、用意されたのが篁がキープしているスコッチのボトルだったこともあり、最初の一杯は彼に作ってもらった。

飛鳥馬からすれば至れり尽くせりで、バカラのウイスキーグラスを持つ手が浮かれそうになる。はしゃがないよう、自制するのが大変だ。

「で――。率直なところ、このホテル。ここまでの見た感じはどうだ？」

しかし、篁は一際声を落とすと、飛鳥馬に尋ねてきた。

それも聞きたくて、あえて勤め先を選んだのかもしれない。

移動中も熱心に話してきたが、篁は「最近仕事が忙しすぎて、他を見に行く時間があまり取れない。本当なら、近場のホテルレストランはすべて見に行きたい、自社や自身の料理と比べてみたいのに」と、こぼしていた。

すでに国内外でトップクラスのフレンチシェフだと証明されているにもかかわらずだ。

「さすがは欧州系の一流ホテル。何につけても洗練されているしスマートだと思う。このラウンジにしても、宿泊客以外の一見《いちげん》さんはお断りっていう敷居の高さもあるんだろうけど、客層そのものが落ち着いているように見える。けど、そこがまた店内の品格を上げているのかな？　すごくいい意味で、ホテルもお客様もお互いが選び合って、この空間を作り、また維持しているように感じられる――、かな」

飛鳥馬はここでも思いつくまま、感じたままを答えた。

特に世辞もなく、いたって正直な感想だ。

それだけに、話の合間に喉を潤す水割りが美味しい。

銘柄を見る限り、特別に仕込まれた美酒というわけではないが、このあたりが酌《く》み交わす相手や話題による気分的な効果だろう。

「大絶賛だな。今度マスターと支配人に伝えておくよ。香山のメンバーから合格をもらったって」

「マスターと支配人に？」

飛鳥馬は、ホテルの一階フロント前と、ラウンジバーに入ったところで、会釈《えしゃく》を交わした年配の紳士二人を思い起こした。

いずれも姿勢がよくて上品で、還暦《かんれき》も近そうな男性たちだったが、プライベートで訪れた篁に対して馴染み客のような接し方をしていた。

特に声をかけるでもなく、いつもありがとうございます——といった雰囲気でだ。

連れである飛鳥馬を意識した上でのことだろうが、身内を感じさせないのはさすがだった。

これならプライベートでも勤め先を利用したくなる。他の客が目にしても、従業員だとは思わない対応をしてくれるからだ。

「彼らだけは、モン・シュマン東京をオープンしたときに、総支配人がマンデリン東京と赤坂《あかさか》プレジデントからヘッドハントしてきたから、いろいろ事情通なんだよ。香山のことは彼らから教えてもらった。同業からの転職入社組は他にもいるけど、トップレベルのホテルからの引き抜きは二人だけだ。他は新卒にしても中途にしても、ゼロからここで叩き込むって方針」

飛鳥馬の聞き上手のせいか、篁の話にも拍車がかかる。

「モン・シュマンからすると、この東京が日本初上陸だったから、必要最低限の情報と日本のおもてなし精神の基準は知っておきたいってことで、宿泊担当と飲食担当だけは他社から引っぱってきたんだ。まあ、その判断が正しかったっていうのは、パリの本店でもすぐに納得してたけどな。さっきも言ったけど、日本人のサービス慣れは桁違《けたちが》いだ。パリ本店の上層部が最初にその意識改革を迫られたぐらいだから、知らぬは当事者の日本人客だけかもしれない。――で。そんな話をしているうちに、香山配膳について話してくれたことがあるんだ」

真剣だがそれ以上に楽しそうな篁の話に高揚が増してか、飛鳥馬もいつになく喉が渇《かわ》いた。

グラスに口を付ける回数が、自然と増える。

篁が二口程度飲んだところで、飛鳥馬のグラスが空になりかけるほどだ。

すると、篁がすかさず二杯目を作り始めた。

「あ……、ありがとう。そうか。そもそもうちの香山会長がマンデリン東京出身だし、赤坂プレジデントも得意先のひとつだもんね」

「そう。一社との契約に囚われない派遣だからこそ、ホテルや式場、レストランと名のつくサービス現場を常に内側から見て知ることができるのが強みだって。当然、目にしたいいところは吸収していくし、駄目だと判断したことは決してしない。反面教師を徹底《てってい》させてる。そうした日々の学びが積み重なって、事務所そのものを成長させていき、最高のサービスを〝香山レベル〟と言わせるまでになった所以《ゆえん》だろうって」

さらりとお代わりを飛鳥馬に差し出すも、話が止まることはない。

これはこれで見事だな――と、感心が増す。

「ぶっちゃけて言うなら、高級、一流、老舗を謳《うた》うホテルやレストランからしたら、メンツも何もない話だ。うちだって最高のサービスなら〝モン・シュマンレベル〟と言わせたいだろうし、それはどこでも同じはずだ」

篁の視線が、ずっと飛鳥馬を捕らえていないのも、正直言えば聞きやすかった。

対面ではなく、隣り合って同性と座る機会はあまりないが、これはこれで悪くないと知る。

耳は話に傾けるにしても、視界は自由だ。

夜景を見たり、手元のグラスを見たり、映像的に捉えることができて飽きることがない。

かといって、飛鳥馬の意識が散漫になるわけでもないのは、篁が話上手だからだろう。

時折、篁本人を見るのも、また楽しい。

「――けど、こうしたホテルに限って、実際は香山配膳を手放せないんだろう？　最高の即戦力であると同時に、飛鳥馬たちを通してライバル社の様子も窺える。しかも、一番当たり障《さわ》りなく共有できる話題にもなるし、実際香山からの派遣員を介して、他社の黒服同士での交流も生まれているからだ」

彼のグラスを持つ手、チーズを摘《つ》まむ口元に、飛鳥馬の気分がいっそう弾んでくる。

何をしていても様になる、絵になる人間は、存在するだけでご馳走のようだ。

目の保養とは、よく言ったものだ。

「正直言って、その横繋《つな》がりの意味や価値を理解している支配人やマスター、あとはサービス現場の黒服なんかは、今からでもいいから香山派遣を導入できないかなって、ぼやいてる。ホテルのトップ同士なら直で他社と交流があるかもしれないが、現場はそうもいかない。一番他社と情報交換したいのなんて、数字しか見ていない経営陣じゃなくて、接客している現場の人間たちだから……」

「でも、そこはどうきっかけを作るかだけで、他社との交流だけなら香山がいなくてもできるんじゃないの？　なんならマンデリンの宴会課長あたりに、伝えておこうか？　モン・シュマンの社員さんが、同業交流としてお酒でも飲みたいって話してましたよって」

ここで飛鳥馬が何気なく言葉を返した。

すると篁が身体を捻《ひね》って、視線を合わせてくる。

「本当か？」

「うん。モン・シュマンの理念や規定に反することがないなら、多分向こうも情報交換はしたいと思ってるんじゃないかな？　社員だけでまかなう体制を貫くのがどういうものなのか、このあたりは一番知りたいポイントだろうし。それに、どこも不景気なのは一緒だから。業界全体が盛り上がらないことには、現場の士気も下がる一方だ。そういう苦労は、どこもしているから、わかり合える相手が増えるのは歓迎だと思うよ」

「ありがたい。なら、ダメもとでいいから聞いてみてくれるか？　俺もぼやいてた宴会課の連中に、改めて話してみるから」

篁が手にしたグラスを置いて、ジャケットのポケットからスマートフォンを取り出した。

「連絡先の交換をしてもいいか？」

「もちろん」

飛鳥馬もジャケットの懐《ふところ》に手を入れる。

「――ウサギ？」

アドレス交換のときに、目についたのだろう。

篁が、飛鳥馬の待ち受け画面を見て聞いてきた。

「ああ……。この子は、うちにいる野良《のら》っていうか捨てっていうか、迷子を拾って育てている子で〝うさの助《すけ》〟っていうんだ。可愛《かわい》いだろう」

自分から話題に出すことはないが、きっかけを作ってもらえば、親馬鹿全開だ。

飛鳥馬は画像ファイルを開いて、画面にウサギの写真を出していく。

褐色の毛に包まれたウサギは、体長四十センチから、五十センチぐらい。どちらかと言えばスラリとしていて、俊敏そうだ。

待ち受けにしているのは当然お気に入りの一枚。カメラ目線もバッチリなので、飛鳥馬は自信満々で篁に見せる。

「う、うさの助か。可愛いというか、野良生活が長かったのか？　なんかこう、肝が据わった顔つきというか、目つきをしてる。俺が知ってる、ふわふわしたイメージじゃなくて、カッコいいタイプだな」

しかし、「可愛い」は飼い主の贔屓目《ひいきめ》だったのだろうか？

振り向きざまを激写した一枚に、篁は若干ビビっているようだった。

それでも飛鳥馬のネーミングセンスには突っ込まない。ここは、気を遣っているようだ。

「そう言われると、そうか？」

飛鳥馬からすれば、何をしても〝可愛い〟に集約されてしまう我が子なので、いまいち納得がいかない感じだ。

だが、カッコいいも誉め言葉なので、悪い気はしない。

しかも、雌ならまだしも雄なので、カッコいいもありだなとすぐに気持ちが流れる。

（……あ）

そんなときに、メールが届いた。

音は消していたが、バイブレーションと表示から篁にも伝わってしまう。

「いいよ。急用かもしれないから、気にしないで確認して」

「ありがとう」

飛鳥馬が咄嗟《とっさ》に隠そうとするも、篁は視線を逸らして、自身の水割りの二杯目を作り始める。

飛鳥馬はその隙に届いたそれを一応確認するが、相手は久我尭喬だった。

〝もういいだろう。いい加減に拗《す》ねるのをやめて返事をしろ。チケットを送ったから、週末にはこちらへ来い。絶対だ〟

内容も相変わらずで、一瞬にして気分を害される。

（ふざけるな！）

飛鳥馬はメールを閉じると、そのままスマートフォンの電源そのものを落として、ポケットにしまった。

「でも、まさか飛鳥馬の待ち受けがウサギとはな――。恋人の写真は？」

「いないよ、そんな相手」

こんなタイミングで聞かれたためか、つい語尾がきつくなる。

「え？」

「あ、ごめん。別れたばかりなんだ」

自分でも驚いて、すぐに謝罪をした。

気まずさを誤魔化すように、グラスに残る水割りを一気に飲み干す。

（最悪だ）

「――そうか。ごめん。変なこと聞いて」

篁がカウンターに自分のスマートフォンを置いて、三杯目を作ってくれた。

申し訳なさばかりが増して、飛鳥馬も濁してしまった場の空気を、どうにか元に戻そうと試みる。

「別に。それより篁こそ、なんだよ、この待ち受けは。ペガサスなんて、やけに乙女チックだ。これこそ彼女の趣味？」

「……いや、適当だよ。最初に入ってた画像から選んだだけで。残念ながら恋人は募集中だ」

すると、突いてはいけないところを突いてしまったのか、かえって苦笑いをさせてしまった。

「だったら尚更、二次会参加しなくてよかったのか？　俺とメアド交換してる場合じゃない。少なくとも、女性陣は二次会、三次会を楽しみにしてただろうに。何せ、篁は学生時代から人気者なんだから」

「うーん。立場だけなら募集中だが、ミーハーっぽいのは遠慮したいんだよな。なんていうか、大会で金賞を取ってからというもの、すごいよね～とか、私だけのディナーを作ってほしいな～とか、初見から顔見知りにいたるまで、キャッキャした誘いしか受けないからさ」

（――あ。地雷《じらい》だったのか）

どうやらミスにミスを重ねたようだ。

飛鳥馬としては、いい意味で〝昔からモテる篁はすごい！〟と強調したつもりだったが、本人からすると、今現在は喜ばしい話題ではなかったらしい。

このあたりは、一男性としてモテた経験がないので、飛鳥馬もイメージだけで言ってしまった。反省を超えて悔やまれる。

かといって、自分を含めて声をかける側に好意はあっても、悪気や悪意があるとは思えないので、飛鳥馬としては非常に困った。

「まあ。話題としては差し障りがないし、アプローチとしてもストレートだから……」

おそらく「金賞、おめでとう」については、話しかけるきっかけにしやすいだけだ。

だが、今思うと飛鳥馬もこれを話題に今夜は声をかけてみようか——と、一瞬とはいえ考えていただけに、自身の浅はかさを痛感してしまう。

男女の違いはあっても、ミーハーっぽく取られていたかもしれない。

何せ、中学の同窓生という以外の交流の理由が、なかったのだから——。

「でも、テレビや雑誌で見たとか言いながら、一度としてレストランに来たこともない奴から言われてもな——。あ、ごめん。こうなると愚痴を通り越して悪口だな」

（やっぱりそうだよな！）

それだけに、あそこで「いやいや、せめて食べに行ってからにしよう」と思い直した自分を、内心誉めちぎった。

しかし、ここからどうやって会話を立て直せばいいのかがわからない。

「よほど同じことばかり言われたんだな。ごめんな。俺もうっかりしたことを聞いちゃって」

謝ることしかできない気まずさで、飛鳥馬の手が水割りに伸びる頻度《ひんど》が上がる。

「いや、仕事で騒がれることにかけては、すでに俺以上だろう飛鳥馬にミーハーはないだろう。俺のほうこそ、ごめん。変な八つ当たりみたいになって。けど、他人からの評価なんて、結局は目につくものだけで決められるんだろうから、しょうがないんだろうな」

こんなところでも、同業者と香山配膳という肩書きが役に立った。

篁の苦笑が笑顔に変わり、心底から安堵する。

それでも飛鳥馬にとって、これは感慨深い話題だった。

(目につくもの――か)

遠くからでも惹かれる、素晴らしい容姿。

動きの一つ一つに興味が起こる、綺麗で器用で清潔な手。

何をとっても、篁には女性が好みそうな要素が満載だ。

飛鳥馬が自然と目を惹かれるぐらいなので、同性にとっても魅力的だろう。

ただ、それは今始まったことではなく、中学時代からそうだと思い起こすと、篁からすれば上辺だけで騒がれているような気がして、不満があったようだ。

他人から見たら贅沢なことだが、こればかりは当事者にしかわからない感情だ。

そこへ新たに騒がれる肩書きが乗ったものだから、嫌気がさしていたのかもしれない。

篁が見てほしい、知ってほしい、評価してほしいのは、結果だけではなく大賞にいたるまでの過程だろう。

もちろん、結果は大事だし、実情を知らない人間が「大変だったね」「苦労が実ってよかったね」とは言わないのが普通だ。よほどの知ったかぶりでない限り、やはり「大賞おめでとう」「すごいね」としか言いようがない。

ただ、それは篁もわかってるだろうに、こうした愚痴が出るのだから、中には軽薄かつ軽視と取れる声かけもあったのかもしれない。

これぱかりはどうしようもない話だが――。

「糸口は仕方がないのかもね。毎日顔を合わせているような相手だって、実際は深くまで踏み込んでみなければわからないことが山ほどある。ましてや相手が軽く十年は会ってなかった同窓生となったら、当時の記憶と最新のプロフィールぐらいしか判断材料はないわけだし」

飛鳥馬にしても、派遣会社の登録員だと説明しただけで、あの言われようだった。

しかし、自分だって他業種のことはよくわからないし、イメージだけで受け止めているものも少なくない。

だからといって、むやみに他人やその仕事を軽視することはないが、人類全員がそうならどこにも争いは起こらない。

これぱかりは、十人十色と割りきるしかないところだ。

「そう言われたらそうだな」

飛鳥馬の言わんとすることを理解してか、篁も肩から力を抜いた。

「まあ。今夜のところは、こうして話が通じる相手が、飛鳥馬がいただけよしとするよ。いや、よく考えたらすごい偶然なわけだし、幸運だと思わないと罰が当たるもんな」

深呼吸をする傍《かたわ》ら、自分の水割りを作り足す。

酒に自信があるのか、シングルからダブルへ濃さを変えている。

――飛鳥馬は？

そう目配せをされて、「なら、俺も」と四杯目はダブルを作ってもらった。

外でこんなに飲むのは、初めてかもしれない。

「そう言われると……そうだね。同じ飲食、サービス業でも、いろいろある。俺のほうこそ、こんなふうに話ができると思っていなかったから、すごく楽しいし。二次会のメンバーには申し訳ないけど、こうした時間が持てたことは、本当にラッキーだ」

「本当か？　結局予告どおり、愚痴になったのに」

「篁から愚痴を聞かせてもらえるなんて、俺からしたら光栄だよ。こんな形で、香山に入れてよかったなんて感じているのも、今夜が初めてかもしれない」

愚痴とは違うが、飛鳥馬も本音がポロリと漏れた。

これは篁とはまた違うジレンマだろうが、飛鳥馬には飛鳥馬なりに〝香山〟という重荷がある。

ある意味、一つの山を登り詰めた者にとっての宿命なのだろうが、香山の社名は飛鳥馬個人を凌駕することが多い。どこへ行っても「香山の人」であって、そこに「飛鳥馬佳久」という一人のサービスマンを認識されるのは、なかなか難しい。

これが、評価的には光栄なことだが、そこにジレンマがないと言えば嘘になる。

だからこそ、日々飛鳥馬佳久としての努力も続けてるのだが――。

しかし、今夜に限っては、不思議なくらいそれが薄まった。

篁が香山配膳という事務所を理解した上で、そこへ辿《たど》り着くまで努力した飛鳥馬自身を見ていてくれるのがわかるからだ。

このあたりは金賞よりもそこにいたるまでの自分を見てほしい篁ならではだろう。

「こんな形で、感じるって？」

「――それは、たとえ同じ仕事をしていても、俺が香山にいなかったら、篁だって一瞬で仕事の内容やそれに対する姿勢を理解することはなかっただろう。俺にしたって、香山に勤めていなかったら、モン・シュマンやそこで期待の新人と称される篁のすごさみたいなのを理解するには、それなりに時間と知識を必要としただろうし。正直、それでもわからなかったかもしれない」

こうして考えると、飛鳥馬にしても篁にしても、気持ちのどこかで同じ目線の理解者を欲していた。

だが、お互いの肩書き以前に、なんら情報のないところで二人が通じ合う機会があったかといえば、それはないだろうと飛鳥馬は思ったのだ。

「第一、篁だって昔のおとなしいというか、地味な印象しかないままの俺だったら、こうして飲みになんて誘わないだろう。そもそも共通の話題どころか、誘うきっかけもないし。だいたい、名前を覚えていたかもあやしいぐらいの付き合いしかなかったんだから」

「それは……、その」

「無理なフォローはいらないよ。誰が同業者でもない同窓生に、いきなりサービスがどうこう、コミ・ド・ランがどうこうなんて話題をふるんだ。俺だってそんな独りよがりな話はしないし。だって、何それって言われるだけだから」

「――まあ、だよな」

篁は最初、飛鳥馬からの突っ込みにかなり困ったふうだった。

しかし、ここはお互い様だという説明に安堵したのか、自ら発した「幸運」の意味を改めて納得したようだ。

「でも、今夜はそれが最高に嬉しかったんだ。俺はずっと香山に入った俺自身を、そこまで努力したことを認めてほしいって思っていたから」

飛鳥馬はいつしか口当たりのよいスコッチに、酔っていった。

「こうして対等に話をしてくれる相手を、求めていたから――」

篁恭冴という心地好い同窓生に、酔っていった。

＊＊＊

いつの頃からか飛鳥馬は、人肌に触れると安堵するようになっていた。

〝佳久……。脚に力を入れるな〟

〝でも〟

〝いいから、言うことを聞いて〟

〝……はい〟

初めて他人の、それも同性である久我克喬の身体に触れたとき、また触れられたときには、緊張と罪悪感ばかりが勝《まさ》っていた。

気持ちがいい、この腕の中が安心できると感じられるまでには、それなりに時間を要したと思う。

〝深い……〟

〝ここが気に入っているのか？〟

〝――ん〟

〝そうか〟

〝っあ……っ〟

そして時は流れて、十年が過ぎた。

パリのホテルレストランでの修業時代に声をかけられ、食事に誘われ、熱心に口説《くど》かれた。

当時は一番日本語に飢え、また恋しく感じていた頃だけに、それも背を押したのだろうが、飛鳥馬は久我からの誘いを幾度か経《へ》たところで、求愛に応じた。

彼を心から愛するようになった。

〝尭喬さん、ルームサービスが届いたよ。テーブルに着いていて。俺が運ぶから〟

〝そんなことはボーイか秘書に任せればいい。私が必要としているのは、プライベートの飛鳥馬佳久なんだ。常に隣か対面にいろ。私が恥をかく〟

〝……はい。ごめんなさい〟

七歳年上の久我は、パリ在住のクオーター。祖父がフランス人の資産家であったことから、人生の半分以上を海外で過ごしている青年実業家であり、また投資家でもあった。

一流ホテルや施設の株を多く持ち、自身でもレストランチェーンの立ち上げを手がけていたこともあり、業界にも幅広く通じていた。そのため上流社会や富裕層においての価値観や作法、交流の仕方はキスより多く教わった。彼との出会いがなければ、飛鳥馬が香山レベルまで辿り着けたかどうかは、自分でも自信がない。

彼が飛鳥馬に必要なものを与え続けてくれたことだけは、確かだ。

この事実を否定するつもりはない。

〝え？　なんだって〟

〝だから――。結婚後の二、三年はロンドン住まいになる。来週からその下準備を兼ねて向こうへ行くから、お前も仕事を辞めて一緒に来い〟

しかし、ありとあらゆるものを教え、与えてくれたかに思えた久我との関係は、思いも寄らない形で壊れた。

彼が日本での住居にしているタワーマンションの最上階で、甘美で愉悦《ゆえつ》な夜を過ごした翌朝のことだ。

〝ちょっと待って。俺がいるのに勝手に見合いをして、結婚を決めたってどういうこと？　しかも、いきなり仕事を辞めろって……。そんなことできるわけがないじゃないか〟

〝だから、説明しただろう。見合いも結婚も形式上かつ建前だ。相手にも本命の恋人はいるし、双方が納得了解済みの契約結婚だ。お互い儲《もう》けるための合併みたいなもので、ビジネスの一環だ。気にすることはない。それに、今のお前の仕事は派遣じゃないか。一人が抜けたところで、どうにかなる会社なら、とっくに潰《つぶ》れているはずだろう〟

〝そういうこと言ってるんじゃない！〟

〝佳久〟

話せば話すほど。足下が崩れていくような絶望感と、血の気が引いていくような不快感に襲われた。

久我の年齢が年齢だけに、これまでもこうした話は幾度も浮上している。

見合いを持ってくる者も多ければ、財閥令嬢から直に声がかかることも少なくない。

なぜなら彼は、地位や名声に負けるとも劣らない容姿や教養も持っていた。

ワンマンなところも目立ったが、常に引く手あまただった。

しかし、結果として独身を貫いてきた。

幾度となく飛鳥馬が「それでいいの？」と聞いたが、「必要なのはお前だけだ」と返してくれた。

そして、飛鳥馬はその言葉を信じたからこそ、彼のためにも頑張《がんば》りたい。早く、少しでも、今より認められるようになりたいと心がけて仕事にも打ち込んできた。

〝こんな非常識な話を、さも当然って顔をして口にしているあなたが、俺には理解不能だ。信じられない。だいたい双方が納得了解って、俺は納得もしてなければ、了解もしてないよ。しかも、人の仕事をなんだと思ってるんだ！　香山配膳に入るのに、いったい俺がどれだけ努力したか。それを一番知っているのは、あなたじゃなかったのか⁉〟

〝そう、興奮するな。何度も言うが、結婚は利害の一致で決めたことだし、私が愛しているのはお前だけだ。仕事にしたって、有能さを理解しているから、側にほしいんだ〟

理解されている、彼はどこの誰より自分をわかってくれている人だと感じていたのは、間違いだったのだろうか？

それとも自分の思い過ごし⁉

〝だいたいロンドンにだって、お前が勤めるにふさわしいラグジュアリーホテルはいくらだってある。なんなら宴会課でもレストランでも丸ごと任せてやるから、自分の理想のサービスを提供できる場として追求したらいいじゃないか。それともこのさいだ。新しい式場のひとつでも建てるか？　コンセプトから人選まですべて自分で決めた理想郷が作れるぞ〟

困惑の中でも、飛鳥馬は必死に自分の思いは伝えた。

はっきりと主張した。

だが、立て続けに発せられた久我からの言葉に、何もかもが崩壊した。

彼への信頼、彼への尊敬、彼への永久に続くだろうと信じてきた愛。これらすべてがだ。

〝佳久。お前はこの私が選んで育てた恋人であり、パートナーなんだ。いい加減にその意味を自覚しろ。香山配膳など今すぐ辞めて、渡英の準備をするんだ〟

目の前が真っ暗になっている飛鳥馬を抱き寄せ、いつもと同じようにキスをする。

彼には悪気もなければ、飛鳥馬への侮辱《ぶじょく》もない。

これはこれで彼流の愛し方であり、生き方であり、また信念なのだ。

〝ふざけるな！〟

しかし、それに気付かされたことがたまらなく嫌で、飛鳥馬はこのとき初めて久我を自身の両手で突き放した。

〝佳久！〟

〝何が恋人であり、パートナーだ。結局俺は、あんたの気紛れで選ばれて、都合よく育てられた、ただの囲われ者じゃないか〟

〝卑屈《ひくつ》に取るな。今更何を言い出すんだ〟

〝どんなに努力したって愛人止まりだ。一生対等になんて見てもらえない。でも、考えるまでもないことだよな！　あんたは名だたるホテル数社の大株主で、毎年長者番付に名を載《の》せるようなビリオネアだ。いずれは資産を残すために、我が子を欲しがるだろう。ビジネスライクで結婚するなら、妊娠出産もさせるよな！　冗談じゃない!!〟

思いの丈を叫んだ。

飛鳥馬が心から悲鳴を上げた瞬間だ。

〝勝手に話を進めるな。誰がそんなことを言ったんだ。妄想が過ぎるぞ〟

〝言わなくたって勝手に見合いして、結婚するんだから、その先だって見えてるだろう。これは妄想じゃない。俺は妻子持ちの男の愛人なんてまっぴらだ！〟

飛鳥馬は、その場にある自身の持ち物を、手当たり次第にバッグへ入れた。

当たり前のように置かれていた洗面道具から、自分で選んでプレゼントした揃いのカップの片方まで、兎《と》に角《かく》目につく品を感情のままに押し込んだ。

〝残りは全部捨ててくれ。これからは別の道を行く。俺は俺が正しいと思う生き方で生きる〟

それでも持ちきれるはずもなく、飛鳥馬は仕事用のバッグの容量が限界を迎えたところで、別れを告げた。

〝今日までありがとう。さよなら〟

数時間前まで抱かれて眠っていた寝室を飛び出した。

〝佳久！〟
〝放せ〟
〝誰が放すか〟
驚いた久我に腕を摑《つか》まれ、引き戻される。
〝もう終わったんだよ〟
〝勝手に決めるんじゃない〟
〝んっ、放せっ――っ〟
今一度抱き締められて、唇を塞《ふさ》がれる。深々と口づけられる。
「飛鳥馬、飛鳥馬」
「放せって！」
再び叫ぶと同時に、頬を打った。
――パン！　と、音が響き、掌に痺れが走る。
「痛えっ！」
（え⁉）
双眸《そうぼう》が開くと同時に、目が覚めた。
（夢？　篁？）
飛鳥馬の視界に飛び込んできたのは、打たれた頬を赤らめた篁の顔。

だが、どう見ても飛鳥馬の身体はベッドへ横たえられて、篁は覆《おお》い被さっていた？

状況を理解すると同時に胸がドキリとするも、この驚きが焦りなのか怒りなのか、よくわからない。

だいたい、どうしてこんなことになっているのか⁉

しかし、どんな経緯があるにしても、彼の頬を打った利き手が痺れているのが現実だ。

「ご、ごめん……。俺」

何してるんだよ⁉　と聞く前に、謝罪が口を衝《つ》いたのは、飛鳥馬の性格だ。が、すぐに感情的になって、責めるような問いかけを放たなくてよかったと思う。

「うわっ！」

「ぷーっ」

「え⁉」

篁の後頭部には、飛鳥馬のウサギが四肢を駆使してしがみついていた。

〝今夜の予定があったから、明日の仕事は昼からなんだけど――。そっちは？〟

〝俺は完全に午後からだよ。現地に三時入り〟

〝なら、このまま俺のところへ寄らないか？　せっかくだから、とことん三次会ってどう？〟

〝それはい――、あ。駄目だ。行きたいのは山々だけど、うちでウサギが待ってるから〟

〝あ、そうか。そりゃ心配だもんな。了解〟

そう言えばそうだった――と、記憶が甦《よみがえ》る。

ただ、帰宅の方向が一緒だったため、タクシーの相乗りで帰ろうとなり、ラウンジバーをあとにしたのだ。

そして、ホテルのエントランスから二人でタクシーへ乗り込んだのだが、飛鳥馬は運転手に行き先を指示したところで急激な眠気に襲われた、までは覚えている。

そこからはまったく記憶がない。

〝飛鳥馬、マンション前に着いたぞ〟

〝あ、うん……〟

だが、記憶はなくても、自宅には帰り着いている。

だとすれば、一緒に降りてくれた篁に支えられて、エントランスでオートロックを解除。

そのまま中へ進んで、自分で部屋の鍵を開けたのだろうことは推測できるが、これはあくまでも想像だ。

ただ、予期せぬ侵入者。それも意識をなくしたご主人様を運ぶ篁が、留守を守っていたウサギにとっては、警戒心しか起こらない人間だったのだろう。

リビングに、寝室とトイレを置いた天井なしの広いサークル内を住み処《か》にしているのだが、高さが七、八十センチはあるそれを越えて、寝室まで追いかけてきたらしい。

「何してるんだ、うさの助！」

「だから、こいつをどうにかしてくれって頼もうと思っただけなのにっ――、痛ぇっ！」

飼い主としては、必死でご主人様を守ろうとしているようにしか見えないので、愛情も歓喜もひと際だ。

しかし、篁のほうはといえば、一応小動物相手だからだろうが、手も足も出せないまま頭にひっつかれて堪《た》えている上に、蹴《け》りまで入れられていた。

さすがにこれはまずい！　と、酔いも眠気も吹き飛ぶ。

「駄目だよ、うさの助。こっちへおいで」

「ぷっぷっ、ぷーっ」

飛鳥馬が篁の背後に回って、ウサギを引き離して、抱き締める。

「篁は同窓生だよ。悪い人じゃないから、落ち着けって！」

「ぷん」

「ほら、一度サークルに入って」

「ぷーっっっ」

外敵をやっつけようとしたのに、誉められもせずに駄目出しをされた。

それがそうとう不満なのだろうが、ウサギは見てわかるほどふて腐れている。

しかも、渾身《こんしん》のジャンプで越えたはずのサークル内にあっさり戻されたためか、振り向きざまには、恨みがましい目で篁を睨《にら》んだ。

その威嚇《いかく》ぶりは、写真画像でビビった目つきの何倍も凶悪だ。

「っ……っ」

声にはならないが、篁は（ウサギってこんなに凶暴な生き物だったっけ？）と自問しているようだ。

当然答えは浮かばないだろうが、強《し》いて言うならここで止められてよかったと、飛鳥馬は胸を撫で下ろす。

何せ、このままもう二、三発蹴っていたら、「テメェ、シチューかローストにしちまうぞ」と怒鳴《どな》られても仕方がない。

日本ではあまり馴染《なじ》みがなくても、フレンチでのジビエ——ラパン料理はエスカルゴと同じくらい一般的に食べられる。中でもラパン・アラムタゥドゥッと呼ばれるウサギ肉のマスタード煮込みなどは代表的な一品だ。

下手に知識があるだけに、飛鳥馬は後頭部をさする篁に手を伸ばした。「蹴られた場所を見せて」と、入念に確認をする。

「瘤《こぶ》やひっかき傷はないみたい。けど、痛いのは痛いよね。本当にごめん。他に噛《か》みつかれたりしたところとかはない？　あったら正直に見せて」

同業者のペットが食材に見えることはないと信じたいが、飛鳥馬は謝罪あるのみだった。

少なくとも「なんだ。実物は、カッコいいより可愛いじゃないか～」とは、嘘でも出てこない状況では、それしか術《すべ》が思いつかない。

「……いや、他はない。そこに、うさキックを数回食らっただけだから。ただ、サークルを脱走してくると思ってなかったから、意表を突かれた。率直に言えば驚いたの一言に尽きるかな。俺がイメージしていたウサギと、何もかもが違う」

「そう。なら、よかったけど……いや、よくないって！　けっこう激しく蹴ってたし」

その後も飛鳥馬は、しばらく篁の後頭部を撫でてから、冷却枕とタオルを用意した。

「一応、冷やしたほうがいいと思う」

「大げさだって」

「あとで腫《は》れたり、頭痛がしたら大変だろう」

「そろそろ帰るし」

「いや、心配だから今夜はうちに泊まっていって。万が一にも調子が悪くなったら、病院へ行かなきゃいけないし。このままじゃ気になって仕方がないから、頼むよ。朝も仕事に間に合うようにちゃんと起こすし、車で送っていくから」

「──わ、わかった。なら、このままいさせてもらうよ」

そうとう困らせることになってしまったが、篁にはリビングに置いたソファベッドに来客用布団をセットして寝てもらい、一晩様子を見させてもらった。

「ぷっ」

もっとも、リビングのサークルと向き合う形で横になった篁は、夜行性で元気はつらつなウサギから、一晩中威嚇されて睨まれることになった。

「勘弁しろよ。いい加減にしないと――。いや、この先は自主規制だな」

そして、喉まで禁断の言葉が出かかったことも、一度や二度ではなかった。

3

何から何まで想定外の一夜を過ごした飛鳥馬は、翌早朝、篁に異変がないことを確認してから、自宅へ送り出した。

リビングで一夜をともにしたためか、朝から篁に向かってウサギが「ぷーぷー」威嚇することはなかったが、それはウサギが夜行性のためだ。

飛鳥馬が知らない夜中のうちに、威嚇しすぎて疲れたに過ぎない。

それでも簡単に用意した朝食時には、ウサギは篁からスティック人参をもらって食べていた。

それを見ていて、警戒が解けたのかな——と安堵してしまった飛鳥馬だが、餌付《えづ》けに走った篁だけは知っている。

——俺から餌をもらう立場になるか、餌そのものになるか、よーく考えろよ。

視線で念を飛ばしただけとはいえ、かなり大人げない戦いを繰り広げてしまったことを。

そして、この件に関して妥協したのは、念を察知したウサギのほうであって、おそらく篁に屈したわけではないだろうことも。

「ぷっぷ」

そうして篁が帰ったあとには、ウサギの顔つきがガラリと変わった。

撫でて撫でて、抱っこして！　と、猛烈なアピールが始まる。

飛鳥馬は昨夜のフォローも意識し、トイレや寝床の掃除をすると、サークルから出して好きにさせた。

すると、敷かれたラグに直接座り込んだ飛鳥馬の膝に上って、仰向《あおむ》けで寝転ぶ。

篁が見たら唖然《あぜん》としそうな甘えぶりで、お腹を撫でる飛鳥馬の手を前脚で抱えて放さなかった。

しかも頬ずりまでしてくる。

「可愛いな～。けど、うさの助。あのサークルをどうやって越えたんだ？」

だが、飛鳥馬が優しく声をかけると、ウサギは小首を傾《かし》げて、目を逸らした。

「これまで一度も脱走してるのなんて見たことがなかったけど……。本当は、俺の留守に出たり入ったりしてたのか？　けど、サークルは囲っただけのものだし、扉もない。そうすると、やっぱり乗り越えたか、飛び越えてたってことだよな？」

「ぷぅ～っ」

知らないよ～と言っているふうに見えるのは、飼い主の思い込みだ。

それはわかっているが、ウサギの反応の間《ま》がよすぎて、飛鳥馬は更に話し続ける。

「――なんか、確信犯に見えてきたな。いっそ留守中にビデオでもしかけようかな」

「ぷっぷーっ」

「監視されるのは嫌なの？　まあ、これまで誰も訪ねてきたことがないし。昨夜はお前にとっても非常事態だったんだろうから、仕方がないのかな――。でも、篁には本当に悪いことをしたかな」

「ぷ〜っ」

やはり会話が成立しているようにも感じる。

それが証拠に、飛鳥馬の口から篁の名前が出ると、ウサギは飛鳥馬の腕を前脚で抱えながら、後ろ脚をキックするように動かした。

しかし、さすがにこれは思い込みだよな――と、飛鳥馬は残りの片手で空を蹴るウサギの脚をちょいちょいと突いて遊んでやる。

ウサギは構ってもらえればご機嫌なのか、飛鳥馬の膝の上で身体を捩《よじ》りながら、楽しそうに後ろ脚をパタパタし続けた。

「――あ、そうだ。タクシー代！」

ふと思い起こし、飛鳥馬がウサギをラグへ下ろした。

「このままだと踏み倒しだ。返金と謝罪に行かなきゃ。直接、レストランへ行っても平気かな？　それともランチかディナーの予約を入れて？　なんにしても、改めて連絡して――」

昨夜着用していたジャケットを求めて、備え付けのクローゼット以外は、ベッドとパソコンデスクだけが置かれた寝室へ移動した。

ウサギがあとをついてくるため足下に気をつけながら、パソコンデスクのチェアーにかけていたジャケットを手に取った。

ポケットからスマートフォンを取り出し、電源を入れて、側にあったベッドへ腰かける。

「え……っ」

すると、画面にウサギ画像が現れると同時に、メールと着信履歴が数件表示された。

送信者、発信者の大半は久我尭喬だ。

飛鳥馬は、久我からのメールは開かず、留守番電話も無視して、それ以外に目を通した。

しかし、目で追うそれと、脳内に浮かぶものが、まるで違った。

〝残りは全部捨ててくれ。これからは別の道を行く。俺は俺が正しいと思う生き方で生きる〟

〝今日までありがとう。さよなら〟

思い起こしたのは、昨夜の夢に見た別れのシーンだ。

〝佳久！〟

〝放せ〟

〝誰が放すか〟

〝もう終わったんだよ〟

〝勝手に決めるんじゃない〟

〝んっ、放せっ——っ〟

だが、最後のほうになると、苦笑が浮かんだ。

部屋から飛び出したのちのやり取りだけは、本当にただの夢だったからだ。

「――願望でもあったのかな？　あのとき尭喬さんは、俺を追ってはこなかった。名前を呼ぶだけで、俺が部屋から出て行くのを止めもせず、最後に声をかけてきたのは秘書の桐ヶ谷《きりがたに》さんだったのに」

飛鳥馬はスマートフォンを腰かけたベッドへ置き、代わりに足下にすり寄るウサギを抱き上げた。

思えばこのウサギを拾って帰ってきたのは、別れた日の帰り道。今から一ヶ月ほど前だ。

〝佳久様。あなたはなぜ、そこまで尭喬様と対等であることにこだわるんですか？　生まれも違えば年も違うお二人です。甘えるところは甘えて、頼れるところは頼って、良好な関係を続ければいいじゃないですか。一生の安泰《あんたい》が約束されるのに〟

飛鳥馬はウサギの背を撫でながら、最後に声をかけてきた一つ年上の桐ヶ谷榎月《かづき》――ただの秘書と呼ぶには美麗すぎる男のことを思い起こした。

〝尭喬様のおっしゃるとおり、このたびの結婚は公私ともに利害の一致であって、双方ともに愛や情はありません。尭喬様ご自身もそのお気持ちも、常に佳久様のもとにあるのですから、それ以上に何が必要だと言うのです？　ましてや不満など――〟

彼は飛鳥馬が知る限りで、もっとも久我の思想や価値観を理解し、また自身もそうとう近い感覚を持っていた。

その上で、常に完璧に仕事をこなしていた。

〝香山配膳がどんなに評価されていても、所詮は雇われの身です。それなのに、一派遣会社のブランドがそれほど大切なのですか？　どれほど多くの者たちが、尭喬様に愛されている佳久様を羨んでいるかわからないというのに――〟

初めは飛鳥馬が嫉妬《しっと》してしまうほど、久我にとって公私ともに必要なのは彼のほうではないかと思い、心が荒れたものだ。

しかし、久我と桐ヶ谷にはどこまでも主従関係しかなく、繋がっているのは仕事面のみだった。

だが、だからこそ嫉妬が増した時期があったことも、今となっては忘れられない思い出だ。

飛鳥馬の目からは、久我の仕事上のベストパートナーであり、真に対等であるのは彼だと感じたからだ。

〝そういう価値観で生きてる人間たちには、一生理解してもらわなくてけっこうです。俺は一人の人間として認められたいだけで、誰かの愛玩具《あいがんぐ》になりたいわけじゃない〟

〝佳久様〟

〝さよなら、桐ヶ谷さん。これまでいろいろとお世話になり、ありがとうございました。もう、お目にかかることはないと思いますが、どうかお元気で――〟

そうして、飛鳥馬は桐ヶ谷にも別れを告げて、二度と会うことはないと宣言した。

空虚ばかりが湧き起こる帰り道、ビルの狭間に疲れ果てたように座り込むウサギと偶然目が合い、声をかけてみた。

〝どうした？　捨てられたにしては、けっこう時間が経ってそうな風貌《ふうぼう》だけど……。野良ウサギとかっているのかな？　でも、首輪はしてないから、飼い主はいないんだよな？　この界隈は住宅街じゃないし。ペットが逃げた感じには見えないけど――〟

〝ぷ～っ〟

〝何？　お腹空いてるのか。うちにくるか？　美味しい野菜がいっぱいあるぞ〟

〝ぷっ！〟

通じたかどうかはわからないが、飛鳥馬が荷物を置いて両手を伸ばすと、ウサギのほうから寄ってきた。

抱いてみるとそれは、冷えた心身を癒《い》やす命の温もりだった。

飛鳥馬はスマートフォン片手にあれこれ検索しつつ、急いで自分の部屋へ連れ帰った。

引っ越して初めて、ペット可マンションだったことに感謝を覚える。

〝ご飯も済んで、お風呂にも入れて綺麗にした。必要なものは明日買い揃えるとして、今日からお前はうちの子だぞ。名前は――、そうだな。雄だし、うさ太郎？　うさお？　いや、うさの助にしよう！〟

〝ぷ⁉〟

〝そうかそうか、気に入ったのか。よろしくな、うさの助！〟

〃……ぷぅ〃

以来、飛鳥馬は一人と一羽の生活を死守することに目標を切り替え、初めて飼うウサギに夢中になることで、自身の気持ちを立て直してきた。

それにもかかわらず、久我からは何の問題もないとばかりにメールが届く。

時には電話も入って、これまでと何ら変わりのないマイペースな連絡ぶりだ。

自分の伝え方に曖昧さでもあったのだろうか？　と不安になるほどだ。

「いや。あれは誰がどう聞いたって別れ話だ。あそこで完結している。それなのに、一週間後にはいい加減にしろ。二週間後には、いつまでふて腐れてるんだ。その後も、退社手続きを取ってすぐに連絡をよこせと、これまで以上に唯我独尊《ゆいがどくそん》な横暴メールだ。着信拒否にしなかった俺が悪いんだろうけど……、それにしたってだよな」

飛鳥馬が今一度、スマートフォンを手に取った。

手段があるから、連絡が絶えない。

それはわかっているのに、着信拒否できずにきてしまった自分が、やはり悪いのだろうな――と、思う。

「どこかで未練を持っていたからだろうけど」

気持ちの奥底では、夢でのようなやり取りを期待していたのかもしれない。

自分ではもう終わったつもりでいても、それと同じほど諦《あきら》めきれない感情があったということだろう。

「しかも、未だに未練がある？　愛人になる気も、香山を辞める気もサラサラないのに。まして
や、向こうが折れて俺を認めるなんてことも、絶対にない。それを一番わかっているのは、付き合ってきた俺自身だっていうのに」

それは、愛した久我への未練なのか。

もしくは、一人の男としての飛鳥馬の気持ちを最初から最後まで理解しようとせず、たったの一度も譲歩してくれなかった。社会人として認めず、対等には扱ってくれなかった男への怒りや意地なのかは判断がつかない。

おそらく、両方なのだろうが――。

「スマートフォン。いっそ、丸ごと換えるか？　住所も勤め先もバレてるんだから、会いにこられたら意味がないか？」

飛鳥馬は手にしたスマートフォンを見ながら、どうしたものかと考えた。

「いや、会いにくるぐらいなら、とっくに来てる。自分にとって本当に必要なもののためなら、彼は世界のどこへでも行く。その気になれば、月へだって行けるだけの伝手《つて》と行動力、何より財力を持っている男なんだから……、ん？」

すると、いきなり電話がかかってきた。

画面には〝香山配膳事務所〟と表示されている。

（急な変更？）

飛鳥馬は、膝の上にいたウサギをベッドへ放してから、応答にした。

「はい。もしもし。飛鳥馬ですが」

心なしか声が緊張気味なのは、かけてきたのが社長の香山か専務の中津川《なかつがわ》かもしれない可能性があったからだ。

急な変更のときにはこの二人からの直接連絡が多い。

仕事も人柄においても飛鳥馬が尊敬し、心から憧れるツートップだけに、電話とはいえ、つい構えてしまう。

〝もしもし、中津川だ。飛鳥馬、いきなりどうしたんだ。何かあったのか？　だとしても、せめて相談してほしいんだが。俺もできる限りのことはするから〟

ただ、今日の電話は様子が違った。

「なんのことでしょうか」

〝え？　退職届を郵送してきただろう〟

意味がわからず問い返すも、もっと意味不明な内容がよこされる。

「――はぁ!?　え？　退職届!?　誰が！　何の冗談――、あ！　まさか、ええっ」

だが、突然のことに困惑するも、飛鳥馬の脳裏《のうり》には一人の男の笑顔が思い浮かんだ。

誰あろう、久我尭喬だ。

「嘘です。それは、知人の仕業《しわざ》です！　俺に転職しろってしつこいのがいて――。申し訳ありません！」

とはいえ、あまりの非常識さに、飛鳥馬の心拍数が一気に上がった。

動悸《どうき》、目眩《めまい》、息切れのフルコースだ。

手にしたスマートフォンに向かって、土下座の勢いで謝罪する。

ウサギが何事かという顔で、臨戦態勢を取ったほどだ。

「でも、俺は辞める気はないですから。ずっと香山配膳にいたいですし、骨を埋《うず》める覚悟ですから！　本気にしないでください、社長にも言わないでください、中津川専務！」

なんてことをしてくれるんだ！　という久我への怒りと、こんなことで辞めたくないし、クビにもなりたくない!!　という思いが、ぐちゃ混ぜになって涙腺《るいせん》が熱くなる。

〝なんだ、そうなのか。よかった〟

「……すみません」

今にも泣きそうどころか、すでに極限の緊張から、涙が溢《あふ》れて頬を伝った。

〝――いや、俺もビックリしたんだよ。さすがに一言の相談もなくなんて、飛鳥馬らしくないし。かといって、これが本気なら、そうせざるを得ないぐらい、よほどの出来事があったのかと心配になって〟

「本当に申し訳ございません！」

こんなに安堵したのは、生まれてこの方初めてかもしれない。

飛鳥馬は中津川が理解を示し、退職届もなかったことにしてくれたことに、心からホッとした。

中津川が怒るどころか、そうとう心配してくれたとわかって感動するのは、おそらく気持ちが落ち着いてからだろう。

〝そんなに謝らなくても、いいよ。というか、平気？　揉めてるの？　知人にこんな勝手なことをされるってだけで、かなり精神的にくると思うんだけど……〟

とはいえ、中津川からすれば、これで安心——とはいかなかったようだ。

確かに、いきなり一身上の都合で退職されるのも心配だが、そうと見せかけて他人を勝手に退職させようとしている知人——家族でもない他人がいるほうが不気味だし怖《こわ》い。

飛鳥馬自身のことを心配してくれている。

ただ、飛鳥馬にとってはこの出来事が決定打となり、未練や迷いが吹っ切れた。

「大丈夫です。ちょっと、いろいろ揺らいでいたことはありましたが、たった今、知人とは縁を切る決心ができましたので」

〝そう……。でも、無理と我慢は禁物だからね。その知人にしても、仕事のことにしても、ちょっとでも困ることがあったら、遠慮なく言ってきて。できる限りの対応はするから〟

「ありがとうございます。その言葉だけで充分です。後日、改めてお詫《わ》びに伺わせていただきます。失礼いたしました」

淡々と話を終えると、通話を終了。

その勢いのまま、久我の番号を着信拒否にし、ついでアドレス帳からも削除した。

「あの野郎っっっ‼」

それだけでは気が治まらず、ベッドから立ち上がると、力任せにスマートフォンを足下へ叩きつけた。

――そのつもりだったが、勢いがよすぎてストレートにクローゼットにぶち当ててしまう。

「ぷぷっ！」

罵声と物音に驚いてか、ウサギがひっくり返った。

「……あ。しまった」

幸か不幸か、スマートフォンの画面がクローゼットの取っ手に激突したため、扉の表面には傷が付かなかった。

しかし、その分すべての衝撃を受けたであろうスマートフォンの画面には、八割方にヒビが入ってお役目終了だ。

飛鳥馬は精神的な理由以上に、物理的な理由から、スマートフォンを買い換えることを余儀なくされる。

（もう、いいか）

ただ、ここまできたらついでとばかりに、飛鳥馬は契約会社から番号までを、すべて変えることにした。

「もしもし、篁さんの携帯ですか？　飛鳥馬です。――あ、篁？　知らない番号からごめんね」

新しい機種の番号から最初にかけた電話は、思いのほか飛鳥馬の気分を爽快にしてくれた。

＊＊＊

飛鳥馬が篁に連絡を入れたのち、改めて彼の勤め先であるホテル・モン・シュマンの顔とも言えるフレンチレストラン〝セ・ラ・ヴィー〟へ向かったのは、週明けの木曜仏滅。昼すぎのことだった。

（モン・シュマン――我が道。セ・ラ・ヴィー――それが人生、か。このあたりのネーミングは、元がオーベルジュ《宿泊施設付レストラン》だったからかな。創立者の宿と料理に対する信念が表れている。それにしても、仕事を離れての、こんな贅沢ランチは初めてだな）

基本的に、どこの配膳派遣も仕事が集中するのは、土日、祝日、大安だ。

披露宴やパーティーのスタッフ補充のため派遣が必要とされるからだ。普通のレストランであっても、人手不足になりやすい条件は大差がない。

逆を言えば、平日、仏滅などの、社員だけでも会場を回せる日は休みを入れやすく、飛鳥馬もここを狙って休むことが多い。

ただ、稀に平日、仏滅低価格を売りにしたプランで宴会が入ることがあり、飛鳥馬がディナーではなくランチに予約を取ったのは、夕方から仕事が入っていたため。ホテル・モン・シュマンから徒歩で移動できる距離にあるホテル・マンデリン東京に行くことになっていたからだ。

とはいえ、現地では、先方から制服指定がない限り自前の黒服一式を持参着用する。

ガーメントバッグにシューズケースまで入れたら、一つに纏《まと》めたところでけっこうな荷物になる。

飛鳥馬はフロント横のクロークにこれらを預け、財布やスマートフォンといった必要なものだけをジャケットのポケットに入れて、エレベーターへ乗り込んだ。

ランチタイムとはいえ、商談や会食で利用されることも多いためか、コースメニューも六千円から二万円まで幅広く用意されている。

飛鳥馬はほどよい緊張を持ちつつ、同窓会以上に気合いの入ったスーツ姿で、レストランフロアへ上がっていった。

（――あれ？　なんだろう。店の中から感じられる雰囲気が、この前のラウンジバーとは違う。何かトラブルでもあったのか？）

ただ、飛鳥馬は店の入り口まで来ると一度立ち止まり、首を傾げた。

昼と夜、レストランとバーでは漂う雰囲気が違うのは当然のことだが、だとしても日中のレストランのほうが重々しいのはおかしい。

（とりあえず、入ってみるしかないが……）

気を取り直して、店の中へ入る。

「いらっしゃいませ」

「予約している飛鳥馬です」

「――お待ちしておりました。篁より伺っております。どうぞこちらへ」

やはり何かあったようだ。

入り口まで迎えにきたギャルソンの表情が、一瞬にして変わった。

「え？　こちらって……」

「申し訳ございません。まずはこちらへ」

「？」

しかも、来客が飛鳥馬と知るなり、店の外へ。壁伝いに進んだ勝手口へ誘導された。

キッチンへの入り口兼用らしい、関係者用の控え室へ通される。

「篁さん。飛鳥馬様がお見えになりました」

「待ってた！　今、電話しようかと思ってたんだ」

中は六畳程度の休憩室であり、マネージャーか料理長のものらしきデスクも置かれていた。

だが、そこへキッチン側から姿を現したのは篁一人で、他には誰もいない。

ランチタイムということもあり、飛鳥馬を案内してきたギャルソンと篁以外は全員キッチンやフロアで仕事をしているのだろう。

「ごめん、飛鳥馬。ランチの前に、ちょっとだけ話を聞いてくれないか」

「——話?」

開口一番の謝罪と同時に、席を勧めてきたので、飛鳥馬は言われるままその場に置かれた丸椅子へ着席した。

篁も飛鳥馬と向き合うようにして、腰をかけた。

「じつは、ソムリエを兼任しているフロアマネージャーと料理長が、車に同乗して出勤中に、玉突き事故に巻き込まれた。命に別状はないし、比較的に軽傷で済むようだと聞いてホッとはしたんだが……。いきなりツートップがしばらく休みってことで、若干混乱中だ。他の社員の動揺が半端ない」

席を勧められたところで、よほどの話かとは想像がついたが、篁の説明は飛鳥馬の予想を超えてきた。

フロアとキッチン——どちらか片方のトップの事故でも驚くだろうに、両者同時にだ。

軽傷で済んだことが何よりの幸いだが、店のスタッフにしてみれば、この状況は厳しいというのはくみ取れる。

「支配人が手を尽くしてくれて、明日からなら穴が埋められる。今日のランチも今の予約状況なら乗りきれると思う。ただ、今夜の接客が特殊というか、厳しい状況で……。スタッフの人数だけなら社内で補えるが、要求されるサービスのレベルまで考えると難しい。なんていうか、こんなときに限ってうちのパリ本社の重役が、同業者や大株主たちと一緒に来日中で、会食の予定を入れている。しかも、この重役や会食相手が大の食通にワイン通揃いで、その上日本語が片言以下のフランス語がメイン。重役からすれば、ここなら安心して利用できる――って理由で予約したらしいんだが」

「フランス語が話せるフロア担当者がいないってこと？」

「話すだけなら三役や他部署の管理職にもいる。けど、ソムリエがいない。ましてや、この客層に対して、料理やワインに通じていない通訳を置くぐらいなら、俺が直接フロアに出たほうが早いってことになる。だが。そうするとキッチンで総指揮を取れる人間がいなくなる。今夜のコースメニューを任せられているのも俺だし、せめてどちらかがいれば……」

篁が言うように、本当に〝今日に限って〟だ。

この状況で現在店を回しているし、明日からならきちんと人員も埋められる。特別対応のゲストやコース料理の予定がなければ、ディナータイムも乗りきれたのだろう。

飛鳥馬はすぐに納得した。

「ようは――。今夜だけ俺に接客してくれないかってことでいい？」

「もしくは、誰かこの条件を満たす人材を紹介してもらえないかなって」

「紹介か」

だが、会食に必要なのが数ではなく質なのが問題だ。

（フランス語はまだしも、ソムリエ兼任となったら香山でも限られる。じゃあ、それぞれ堪能な人間を二人手配？　もっと無理だ。かといって、問題はそれだけじゃないよな？）

飛鳥馬は一瞬目を伏せた。

「やっぱり無理か？　そりゃ無理だよな。どっちにしたって、希少な香山のスタッフを紹介してくれって話だ。事務所と契約もないのに――」

「それはともかく、ここの方針はどうなんだよ。社員だけで回す鉄の理念は？」

顔を上げると同時に確認する。

「そこは緊急事態だし、支配人から来店する重役に確認を入れてもらった。どんな状況にあっても精一杯もてなすのは最低限として、今の状況で選択ができるパターンはいくつもない。会食をホテル内の別の店に変更してもらうか、外からフロアサービスの人間を手配するか。もしくは、自社内にこだわらず早急に外のフレンチ店を探して予約を入れるかだ」

「――で、重役さんは外部サービスからのヘルプを了解したと？」

「ああ。つい今し方まで、ホテル内のイタリアンか宴会課からスタッフを集められないのかって、ごねてたみたいだけどな。それができるなら初めからそうしているって話だし。ここは本社じゃないんだから、フランス語ができるスタッフにも限りがある。英語ならまだしも……。ってことで、第一希望がサービスマンの調達。それが無理なら通訳を用意の上で、ホテル内のレストランってことになるが、いきなり言われても各店の都合だってある。それで無理を承知の上で、飛鳥馬に聞いてみたんだよ」

縋《すが》る思いとはこのことだろう。

飛鳥馬は一度深呼吸をしてから、ジャケットのポケットに利き手を向けた。

「了解。とりあえず、事情はわかった。ただ、俺の独断ではできないから、事務所に相談させてもらっていい？」

「本当か！　ありがとう」

「期待に添えるかどうかは、わからないけどね。ちょっと待ってて」

「それはわかっているよ」

篁に目配せをしつつも、その場で香山配膳事務所へ電話をした。

「もしもし。飛鳥馬ですが。――いや、ストーカーはされてません。大丈夫です。それより、じつは――」

ついこの前、退職騒動で心配をかけたばかりだったためか、中津川も予定外の電話に構えたようだ。

しかし、それがあったためか、この電話が仕事上の相談だと説明すると、かえってホッとしてくれた。

「ちょっと待って」と電話を保留にされるが、三十秒も経たないうちに、もっとも望ましい返事をくれる。

「――わかりました。ありがとうございます。社長によろしくお伝えください」

通話を終えたところで、飛鳥馬は胸を撫で下ろす。

「ちょっ、飛鳥馬。ストーカーってなんだ⁉　変なのに付きまとわれてるのか？」

耳に入る会話に驚きが隠せなかったのか、篁の第一声は飛鳥馬を気遣ったものだった。

それが驚きでもあり、嬉しくもありで、飛鳥馬はにこりと笑ってみせる。

「いや、それは誤解。俺は大丈夫だ。サービスの件もＯＫだよ。このまま俺が引き受けるから」

「本当か！　けど、ランチのあとに仕事へ行くとかなんとか言ってなかったか？　確か」

篁のほうも、ダブルで安心を覚えてか、とても安堵している。

最初にして最大の難関がクリアできたことで、全身に漲《みなぎ》っていた緊張も解けたようだ。

「ああ、マンデリン。そこは香山社長が代わりに行ってくれることになったから」

「社長さんが？」

「そう。ただ、事務所のシフトにも変更が出るし、香山側は無契約店への対応が柔軟だという前例を作ることは避けたい。モン・シュマンにしても、派遣を入れないホテルだってことが売りの一つだろうから、今夜はあくまでも篁の友人として個人的に受ける、香山の名前もいっさいなしって形で処理してほしいんだけど。そこは大丈夫？」

「もちろんだ」

「よかった」

しかも、これに関しては、飛鳥馬以上に篁やホテル・モン・シュマンにとって一番望ましい形だ。

篁の声や安堵が奥のキッチンにも届いたのか、空気の流れが変わっていくのがわかる。

これなら大丈夫、乗りきれると飛鳥馬も感じる。

「本当にすまない。助かるよ。あ、先にランチだな。店は三時からはカフェになるけど、ゆっくり食べてもらって大丈夫だから」

「――いや。そうと決まったら、ランチを楽しむのはまたにさせてほしい。先にホテル内を回りたいんだ。俺、モン・シュマン東京は、この前のラウンジバーが初めてで。あとは、ホームページしか見たことがないから」

飛鳥馬はポケットにしまったスマートフォンの代わりに、メモ帳とペンを取り出した。

部屋の壁掛け時計の針は、すでに二時を回っている。

一応気を遣い、ランチタイムの後半に予約を入れたがために、すでにこの時間だ。

五時からのディナータイムにはまだ間があるが、今すぐにフロアへ立ってほしいわけではないなら、飛鳥馬も自分なりに準備がしたかったのだ。

「それってレストランでのサービスに、何か関係があるのか？」

「関係してからじゃ遅いから、必要最低限の予習をするんだよ。ここで黒服を着用する限り、お客様から見たら社員の一人だ。アルバイトや派遣を入れないと謳っているんだから、何か聞かれて〝臨時なのでわかりません〟は通らないだろう」

「――あ。そうか」

飛鳥馬の説明に、篁はハッとしていたようだった。

「着替えたあとに、店内フロアと調理場、ワインセラーも確認をさせてもらえる？　メニューや食材の詳細も聞きたいし、忙しいだろうけど少し時間を取ってくれるとありがたい」

だが、こうと決まれば、飛鳥馬は飛鳥馬で仕事のペースだ。

先に自身の確認事項をメモに書き出し、篁に許可を取っていく。

「わかった。こちらでできることはなんでもするから」

「ありがとう。じゃあ、ちょっと一周してくるから」

「――了解。他に戻ってくるまでにしておくことがあれば……」

「それは特にない。あ、もし時間的に許されるなら、ホテルを知り尽くしてる人が、一緒に回ってくれるとありがたいんだけど……。さすがにそれは無理だよね？」

ダメもとで問いかけたところで、部屋の扉が開いた。

「私たちでよければ、ご案内させていただけますか？」

「支配人。マスター」

「――よろしいんですか」

「もちろんです」

どうやら先ほどのギャルソンが、飛鳥馬の来店を上へ報告したらしい。

黒服に身を包んだ支配人の背後には、ギャルソンだけでなく、ラウンジバーのマスターまでいた。

（――いい上下関係なんだな）

篁が言っていたように、香山通の彼らだからこそ、直接挨拶に来たのかもしれない。

しかし、すでに面識のあるマスターならまだしも、支配人クラスの重役がこうした現場まで来るのは希少なことだ。

レストランの責任者が不在とはいえ、現場とホテル支配人までの間には、何役か管理職が存在しているだろうに――。

支配人が来たことでスタッフたちが安心し、更に店内の空気がよくなるだろうと飛鳥馬は思った。

「飛鳥馬様。このたびは、大変なご迷惑をおかけしまして、申し訳ございません」

「そんな……。こちらこそ、お世話になります」

きっと戻ってきたときには、いつもどおりになっているのだろうな――と。

「では、案内をよろしくお願いします」

その場から飛鳥馬たちが消えると、篁が「よし！　仕事に戻るぞ」と声を上げた。

「待ってください、篁さん。飛鳥馬さんは支配人たちに同伴をしてもらって、何を見に行ったんですか？　館内を見るだけなら一人でも……、あ！　迷子になるからか。失礼しました」

しかし、キッチンへ戻ろうとした篁に、ここではまだコミの位置にいるギャルソンが声を発し、自問自答をした。

学生時代にアルバイトもしたことがないまま新卒で入社した彼は、他の仕事、他の施設をまったく知らない。飛鳥馬の行動の意味が、すぐにはピンとこなかったのだ。

「そうじゃないよ。できることなら全館、表と裏の両方。そして歴史まで知りたかったからだよ」

忙しいのは承知の上だが、篁はあえて説明をした。

「表と裏と歴史？」

「私服姿で館内は回れても、従業員専用のバックヤードへは入れない。かといって、着替えてしまったら、いつどこでお客様に声をかけられるかわからないから、一度に両方を回るために付き添いを希望した。ただし、これに〝知り尽くした人〟っていう条件が乗っかった理由は、社歴や建物自体の歴史について話を聞ければばってことだろうけどな」

ここで一分、二分を惜しむことより、彼に費やすことのほうが有意義だと思った。

自分もそうして先輩たちから育ててもらったからだ。

「――え、そういうことだったんですか。でも、ディナータイムの接客だけなら、この店内を覚えるだけで充分じゃ……。俺、入社してから半年ですが、ここで料理以外の質問をお客様から受けたことは、一度もないですよ」

「だから、聞かれてからじゃ遅い。アウトにならないための用心だよ。時間があるなら知っておきたい、万が一に備えたいっていう考えだ。正直、俺も驚いてるけどな」

「篁さん」

ただ、今日に限っては、彼のためだけではなかった。

篁自身のためでもあった。

「――けど、香山配膳が派遣先で最高のサービスを〝香山クラス〟と言わしめるのは、派遣先が築き上げてきた伝統や名前に傷を付けることがない、そういう仕事に徹しているのもあるからなんだろうな。まあ、なんにしたって、俺もお前と一緒で今知ったことは多い。飛鳥馬というか、香山配膳に関しては――」

篁は、飛鳥馬の言動にいちいち驚いた自分に、勉強不足を感じていた。

コミから始まり、シェフ・ド・ラン、メートル・ドテル、ソムリエなどのフロア陣には、自分の料理と客を繋ぐ大切な存在として、敬意を持って理解してきた。

それにもかかわらず――、飛鳥馬が繋ぎ、守ろうとしているのは、料理だけではないと知ったからだ。

〝ここで黒服を着用する限り、お客様から見たら社員の一人だ〟

さらりと言ってくれたが、重い言葉だ。

黒服が意味する重責そのものだ。

「──なら、今夜は飛鳥馬さんからいろいろ盗まなきゃもったいないですね」

ただ、それを知るために取ったわずかな時間が、ギャルソンの顔つきを変えさせた。

「ん？」

「だって俺がここに勤めている限り、香山の人と一緒に仕事ができる機会は、二度と巡ってこないかもしれないので」

見たことがないほど、精悍なものになっていた。

「お、おう。確かにな」

「職場でこんなにワクワクするのは初めてです。緊張してドキドキとかでなく、ワクワクするのは。俺、頑張ります。みんなにも言ってきますね！」

この盛り上がりでは、聞かされた側が「落ち着け」と宥めるかもしれない。

だが、それを心配してフロアを覗くが、周囲のスタッフも意外と「そうなんだ！」「俺も！」という反応だった。

やはり、会社の理念的に二度とないかもしれないという意識が、妙なやる気に繋がっているのかもしれない。

しかも、それはキッチン内にも広がっていて──。

「ここで香山配膳のサービスを見たことがあるのって、確か料理長だけなんだよな?」

「そういえば、友人の結婚式で見たっていう、わけのわからない自慢されたよな。そしたら、今夜の件は俺たちが自慢できるってことだよな」

「料理長、悔しがるだろうな。いい経験したな——とかって言いながらさ」

「言えてる!」

香山のことを知らないまま盛り上がっている者もいた。

だが、事故の知らせを受けた直後のどんよりとした雰囲気を考えれば、篁としてはありがたいだけの盛り上がりだ。

「現場の士気が高まるか——。すげえや」

見ている自分のほうまで、気分よく笑うことができた。


約一時間かけて館内を見てきた飛鳥馬は、支配人によってレストランの控え室まで送り届けられた。

「ご丁寧にありがとうございました。いい勉強になりました」

「こちらこそ、ありがとうございます。そして、急なことで本当に申し訳ないのですが、本日はよろしくお願いいたします」

「――はい。できる限り働かせていただきます。では」

飛鳥馬は何から何まで気持ちのいい接客を、支配人から受けたと感じた。

だが、それだけに、このホテルのサービス基準は高いと再認識することになり、いっそう気持ちが引き締まる。

「お帰り。着替えるんだよな？　ちょっと狭くなるけど、俺のロッカーを――!?」

気配を察してか、すぐに篁がキッチンから現れた。

だが、飛鳥馬はクロークから出してきた荷物と一緒に、ホテルのルームキーを差し示した。

「ありがとう。大丈夫だよ。支配人さんが空いてるシングルを用意してくれた。至れり尽くせりで、かえって申し訳ないことになってきたけどね」

「そうか。さすが、支配人。なら、着替えのついでに、これだけでも」

想像以上の配慮には、飛鳥馬のみならず、篁も嬉しそうだし誇らしそうだった。

しかも、その手にはサンドイッチ用のランチパックが持たれている。

差し出されてそれを受け取るも、飛鳥馬はかなり驚いていた。

「わざわざ用意してくれたんだ」

「腹が減っては戦にならないだろう。もちろん、日を改めて御礼のディナーぐらいはご馳走させてもらうけど」

やはり仕事柄、気付くところが違うのかもしれない。

だが、気持ちが嬉しい。

飛鳥馬にとっては、形になって見える、手にする篁の心遣いそのものが、一番のご馳走だ。

「それには及ばないよ。俺のほうこそ、この前のタクシー代を返さなきゃって立場だし」

「チャラ、チャラ、チャラ！　そんなの今更もらえないって。むしろ、俺が飛鳥馬と香山の事務所に御礼をしないといけないぐらいなのに」

「そこは、ほら。今回は俺が篁に個人的にしていることだから」

「なら、俺は飛鳥馬の友人として、こんにちは。事務所見学に来ました——ぐらいのノリで」

「そういうことなら、了解。じゃあ、着替えたらすぐに戻ってくるから」

「おう。頼りにして待ってる」

飛鳥馬は他愛のない会話を終えると、支配人が用意してくれたシングルルームへいったん移動した。

(これ——エグゼクティブルームの階だったのか！　サービスよすぎるよ、支配人さん)

これこそ限られた宿泊客か、担当の従業員たちだけが行き来するようなＶＩＰゾーンだ。

一般の施設階とは、やはり違う。

(まあ。主だったところは案内してもらったから、ここが最後の案内場所ってことなんだろうな。明日からでも勤められそうなぐらい全館制覇だ)

飛鳥馬はルームキーの部屋番号を見ながら、用意された一室に踏み込んだ。

そうでなくても全室スイートルームが売りのモン・シュマンだ。シングルルームという名前でも、いわゆるシングルルームではない。

二十平米はあるだろうリビングから続く寝室のベッドは、どう見てもダブルかクイーンサイズだ。それも天蓋付き。

間借りだけで宿泊できないのが惜しいが、改めて泊まりにきたいと思う心地好い空間だ。

「飲み物などはご自由に――とは言われたけど。備え付けのコーヒーや紅茶が、もう豪華だよ。それに篁が……用意してくれたサンドイッチなんて――」

飛鳥馬は、思いがけないプレゼントをもらった気になり、まずは着替える前にサンドイッチのランチパックをリビングテーブルで開いた。

すると、中にはおしぼりと紙ナプキン。

薄切りのバゲットにサンドされた、サラッドと海老《えび》のパテ。

ブリオッシュのサンドには、鯛《たい》のテリーヌとリードヴォーの二種。

そして、パイ生地のサンドにはシャンティとクレーム・ランヴェルセ。

具材でフルコースに見立てたサンドイッチだ。

もともとランチの予約を入れていたとはいえ、驚いてしまう。

「――嘘。これ、あそこのメニューにはないバリエーションだ」

こうなると、感動もひとしおだ。

飛鳥馬はテーブルに置かれたポットで紅茶を淹《い》れると、せっかくなのでコースどおりにいただくことにした。

「パテだけど海老の味がしっかりしていて美味しい。バゲットとの食感もすごく合ってる。篁、天才！」

誰が聞いているわけでもないので、かえって感動が口を衝く。

「あ……。コンソメスープがほしいな。というか、飲んでみたい。やっぱり改めてフルコースだ。これは絶対に食べに来よう。うん。本当に美味しい」

スープの代わりに紅茶を飲むものの、サンドイッチが本格的な分、物足りない。

アフタヌーンとはまた違うが、なんにしても至福のひとときだ。

飛鳥馬は今にもにやけそうな自分を抑えるのに大変だった。

だが、すぐに、誰もいないし、気にすることもないか——と、自制するのはやめにした。

〝俺なんか、飛鳥馬のプレゼンを見ただけで大興奮だし。一皿の料理が、一杯のグラスワインが、本来の何倍も美味く感じてるのにな〟

料理が素晴らしいのは確かだが、やはり飛鳥馬にとっては、篁からの心遣いが他にはないスパイス、エッセンスになっている気がした。

〝他にも何かお持ちしましょうか？〟

〝そういう気配りも最高だ〟

〝篁のトークが軽快だからだよ〟

そう考えると、あの夜の篁もこんな気分で自分からのサービスを受けてくれたのだろうか？　だとしたら、いっそう幸せな気持ちに拍車がかかる。

（篁……）

ふと、飛鳥馬の胸がキュン――となった。

最後のひときれがデザート代わりのサンドイッチだったこともあり、口内も気持ちも甘くなったのかもしれない。

（え？）

だが、だとしても、これまでに感じたことのある胸の高鳴り、ドキリやズキンとはだいぶ違う気がした。

（あれ……。俺、なんかまずいかな？　これだから――、駄目だ！　篁は違う。俺とは、尭喬さんとは違うんだから）

飛鳥馬は席を立つと、改めてコーヒーを淹れ直す。

〝そこは、ほら。今回は俺が篁に個人的にしていることだから〟

〝なら、俺は飛鳥馬の友人として、こんにちは。事務所見学に来ました――ぐらいのノリで〟

少し濃いめのブラックで、甘さを消した。

（そう――彼は俺の同窓生として。今となっては、愚痴り合える同業の友人として、気を遣って

くれているにすぎないんだから）
口内と気持ちを引き締めた。

4

（さて――。出陣だ）

借りた部屋で黒服に着替え、普段は下ろしている前髪をサイドに流して整えた瞬間から、飛鳥馬は気持ちを切り替えた。

モン・シュマンにしても、セ・ラ・ヴィーを始めとするレストラン関係にしても、黒服の着用を許されているのは、各部署の管理責任者クラスのみだ。

どこで誰に声をかけられても、必要最低限の回答と対応がいる。

ましてや本日の接客は、本社重役と彼がエスコートしてくる食通にして、業界通でもあるだろうＶＩＰゲストが八名。失敗がないのは当然のこととして、出迎えから見送りまで心地好く過ごしてもらっても、当前という評価だろう。

否応なしに身が引き締まる。

部屋からレストランに移動する間、すれ違う相手に会釈だけで済んだのは幸いだ。

これだけでも、飛鳥馬は「今日はついている。いける」と思い込むことにした。

「失礼します。いま、戻りました」

レストランの控え室に入るのは三度目だが、すでに馴染み始めていた。

「お、おはようございます。本日はよろしくお願いします」

「キッチンで篁シェフがお待ちです。戻ってこられたら、そのまま奥へと言付《ことづ》かってます」

「あ、消毒スプレーはキッチンとの間にある洗面台の横にありますので」

「ありがとうございます。こちらこそ、よろしくお願いいたします」

中には休憩中の若いギャルソン三名。飛鳥馬は会釈をしてから奥へ進んだ。

キッチンとの間には、ワンクッションを置くように、向かって右手に洗面所とスタッフ用のトイレ、左手には店内フロアへの出入り口が設けられている。

「クールビューティーって言うのかな？　インテリジェントオーラが半端ない」

「さっきチラッと見かけた私服姿から、ガラッと印象が変わってるんだけど。こういうのが、オン・オフなのか？」

「それより黒服でいいのか⁉　ここで黒服の着用が許されてるのって、マネージャーとチーフだけだろう」

「でも、ここはマネージャーのピンチヒッターなんだから、むしろ黒服じゃないと成立しないだろう」

「そうか……。チーフがごねないといいけど」

「経験的には一番長いし、黒服愛も半端ないからな……」

一応、コソコソ話をしているようだが、飛鳥馬の耳には筒抜けだった。

（チーフが一番か……）

とはいえ、この情報は今聞いておいて正解だ。

重責はどこへ派遣されても同じことだが、飛び込みでマネージャーの不在を埋めるというケースはなかなかない。接客とは別に、店内のスタッフ、特に管理職に気を配る必要がある。

（座席数が八十二席、個室が大小二室ずつの四部屋。黒服はチーフと俺のみで、他十名はキャリア十五年から一年目のギャルソンか――。確かにスタッフの経験幅が大きそうだし、気をつけないとな）

飛鳥馬が請け負った仕事自体は、料理の持ち運びに応じた接客とソムリエ役だが、それは社員側の認識であって、来客には通じない。

初めて訪れた客であっても、ギャルソンと黒服の格の違いぐらいは見てわかる。

とすれば、表面上の立ち振る舞いは黒服らしく、だがスタッフたちにはあくまでも飛び入りのお手伝いさんとして見てもらえるような腰の低さがいる。

（チームワークは絶対必要だ。その善し悪しは意図せぬところで、店内の空気を変えてしまう。俺が原因で悪いほうに変わらないように気をつけないと――ん？）

洗い終えた両手を消毒していると、店から続く扉が開いた。

目の前の鏡に年配の厳《いか》つそうな黒服の紳士が映る。

「――おはようございます。チーフさんですよね。本日はよろしくお願いいたします」

すぐに振り向き、まずは深々とお辞儀をした。

チーフは驚いたようだが、相づちを打つように首を縦に振る。

「お、おはよう。話は聞いた。飛鳥馬さんっていいったっけ」

「はい」

「いきなりのことで迷惑をかけて、本当に申し訳ない。けど、このフロアを預かっているのは俺たちだ。他人に任せるわけにはいかない。飛鳥馬さんは重役テーブルの通訳とソムリエだけしてくれれば充分だ。他のことはいっさいしなくていいから」

覚悟はしていたものの、けっこうなカウンターパンチを食らった。

その声が届いたのか、控え室から慌ててギャルソンたちが顔を出す。

「ちょっ！　チーフ、なんてことを！」

「この際だから、お前たちもモン・シュマンの社員であることの意味を、中でもセ・ラ・ヴィーに配属されている重みを再確認しておけ」

「すみません。飛鳥馬さん、戻ってますか？　あ、いた!!」

開始早々まずいな――と思ったところで、更に店内からギャルソンが飛び込んできた。

見れば、最初に飛鳥馬を案内したギャルソンだ。

「申し訳ありませんが、通訳をお願いします。今、個室に入られた六人様グループの中に、フランス語のお客様がいらっしゃるんです。で、何か……、直接店の者と話がしたいようなんです。

お願いします」

これをナイスタイミングというのかはわからない。

しかし、飛鳥馬を必要とするのが重役たちの個室だけではないことが証明されてしまい、チーフが唇を噛み締めた。

飛鳥馬は申し訳なげに会釈をするも、ギャルソンについて店内へ足を踏み入れる。

まずは意識して背筋を伸ばした。

「それで、どちらのお客様ですか？」

「こちらです」

背中に向かって歯ぎしりでもされていそうな気配だが、案内された先には、四十代半ばぐらいのフランス人男性が立っていた。

グループで来店ということは、全員フランス人でない限り、通訳になり得るだろう同行者がいるはずだが、そこをあえて飛ばして直接と言ってくる場合の用件は、そういくつもない。

大半は、支払いを誰がしたいので――という相談か、何かしらの理由で避けたい食材があるという申告だ。

しかし、予約客ならば、事前に確認するのが普通だ。食材の件ではないだろうと、飛鳥馬は思った。

【お待たせいたしました。ご用件の程をお聞かせください】

【あ！　お忙しいところ、すみません。というより、ここへ来てすみません！　じつは——!!】

（——え⁉）

次の瞬間には、思い込みはするものじゃないと猛省がよぎる。

【承知いたしました。まずはシェフに相談して参りますので、少々お待ちいただけますか？】

【お願いします！】

飛鳥馬は笑顔で対応するも、身を翻《ひるがえ》した瞬間、足早にキッチンへ向かった。

「あの、何を言われたんですか？」

「あとで説明するから、お客様のほうをお願いします」

「——はい」

心配そうなギャルソンを振りきる飛鳥馬の眉間には、心なしか皺《しわ》が寄っていた。

＊＊＊

この日のセ・ラ・ヴィーは何かに憑《つ》かれているとしか思えないことが次々と起こった。

「乳製品のアレルギー持ち？　ア・ラ・カルトを除いて、全員分お任せのフルコースで予約を受けてるテーブルなのにか？」

「商談の延長から厚意で招待されたので、切り出す暇がなかったそうだ。かといって、せっかくなのでチャンピオンの店をと、はりきって予約してくれていた取引先には、言い出せなくて……ということらしい」

店のツートップの玉突き事故だけでも、なんてことだ――と思うところだ。

そこへディナータイム早々に、この申告だ。

すでに決まっている季節のコースからお任せのコースまで、乳製品が使われていないコースは一つもない。単品料理でも、乳製品が使われていないものは少なく、それ以上にキッチンが問題だ。

今どきは食品工場などでも、アレルギー対象のものはラインを分けて製造しているところがあるぐらい用心深くなっている。

家庭での調理責任とは違う。

「確認なしサプライズってパターンか。こっちでは予約時に聞いてるはずだけど、多分予約した者が、フランス人に駄目なフレンチがあるとは思いもしなかったんだろうな――食材の問題とは考えずに。だとしても、乳製品抜きか」

「やっぱり、いきなりじゃ難しいよね。道具まで気にしたら、安全上のリスクがってなるし」

「――いや。以前も受けたことがあるから、やってやれないことはない。道具も用心して、そのときに専用のものをストックしてあるからどうにかなる。ただ、通常のお任せコースとは内容が別物になる。価格は同等に設定できても、見た目で違うものだとわかる。これを同席者への説明なしには強行できない。納得してオーダーを変えてもらうしかない」

だが、飛鳥馬が心配した部分は、篁が完璧なまでに消去してくれた。

ならば、篁の心配は自分が！　と、気持ちを入れ直す。

「そしたら、俺がア・ラ・カルトの確認を含めて、話をしてみるよ。、世間話を交えて、一応当店ではアレルギー対応のコースもご用意があるので……とかなんとか言って。で、件《くだん》のお客様には、そう言えば最近牛乳が……ぐらいの感じで、切り出してもらうように仕向ければ、どうにかなる気はする。せっかくの会食だし、用心をとっておきましょうかって持っていく分には、場が乱れることはないと思うんだ」

「わかった。なら、俺は急いでコースのメニュー立てをするから、よろしく頼むな」

「ＯＫ」

これに関しては、その場の対応で乗りきることができた。

さりげない飛鳥馬の声かけが功を奏して、招待側のほうから「そう言えば、確認し忘れた。もし、何かアレルギーがあるなら遠慮なく言ってほしい。いや、申し訳ない」と言ってもらえた。

フランス人男性も「あ、ご招待が嬉しくてうっかりしていました。最近どうも乳製品と相性が悪くて。この年になって出てきたもので……」と答えることができて、その後の乳製品抜きのコースにも満足してもらった。

かえって「急なことへの対応もサービスも行き届いていて、大満足だ」と、店側を評価してもらえることになり、胸を撫で下ろした。

しかし、これだけでは終わらなかったところで、飛鳥馬は本日の憑きものの存在を感じた。

そう、よりにもよって、本社重役の同伴者の一人が、フレンチへ来て「乳製品が無理」以上の無理申告をやらかしてくれたからだ。

それも、身内同士の喧嘩《けんか》つきで！


神経をすり減らしたひとときが過ぎて、時刻は零時を回っていた。

閉店時間を迎えたときには、ランナーズハイのような、誰もがおかしなテンションになっていた。

開業記念などの特別なイベント日でもないのに、誰もが「打ち上げしようか」「もう、今夜は飲みに行こう」と口走る状態で。飛鳥馬など、最初は煙たがられたチーフにまで「今夜はありがとう！　本当に助かった。これからどこか行こう。俺に奢らせてくれ！」と言われたほどだ。

さすがに「すみません。ペットが待っているので」と気持ちだけを受け取る形になったが、「うちに入社しないか？」とまで言ってくれたことは、最高の評価だ。

ベストな仕事ができて、認めてもらって、一番気分よく帰宅ができる。

ただ、皆のハイテンションなお誘いを断ったあとに、篁にも「少し飲める時間はあるか？」と誘われた。

「うさの助がいるから、うちでよければ」と答え、適当な食材とアルコールをコンビニエンスストアで買い込んで帰宅することになった。

「ただいま、うさの助」

「ぷっぷ〜、ぷ⁉」

「そう、あからさまに嫌そうな態度を取るなよ。ちゃんと土産も持ってきたから」

「ぷ〜っ」

サークルに入っていたウサギをリビングへ放して、飛鳥馬と篁もローテーブルを囲んで腰を下ろす。

テーブルには買ってきた摘まみと自宅にあったものが並ぶが、洒落たプレートに盛り付けられているためか見た目が華やかだ。

乾杯のビールも缶からグラスに注がれ、二人きりの打ち上げには充分だ。

ウサギも、胡坐《あぐら》をかいた飛鳥馬の脚の上に落ち着き、「お帰りなさい」と甘えている。

「はぁ〜。なんか、ようやく落ち着けたね」

自宅で飲むビールが美味しいと感じるのは、初めてのことだ。

そもそもここに越してきてから、誰も来たことがないので、向き合う相手がいるだけで、こんなに違うのかと思う。

「本当だよ。どうなることかと思った。飛鳥馬がいてよかったよ。今日ばかりは、料理長やマネージャーがいても、どうなっていたかわからない状況続きだった」

「それはないよ。本当に大げさだな」

「いや、だって――。アレルギーのお客さんは仕方ないにしても、重役が連れてきたVIP夫婦の喧嘩勃発《ぼっぱつ》からのヴィーガン宣言は、さすがに酷《ひど》いだろう。そりゃ夫婦喧嘩にもなるよ。いきなりオーダー変更を聞かされたときには、一瞬とはいえ頭が真っ白になったぞ。むしろ、キッチンまで来て言い放った重役の〝ここは私の顔を立てて、用意してくれ〟という台詞を聞かなかったら、茫然《ぼうぜん》としたままだったかもしれない。何が〝チャンピオンならこれぐらいどうにかできるだろう〟だ。コースを予約したレストランに来て、予告なしの完全菜食主義者のフルコースに変更だぞ。乳製品どころか、魚介から酪農、動物性の食材はいっさいなしで。でも、価格設定は皆と揃えてくれとか、アホだろうって喉まで出かかった。何がハイソな美食会だ。それ以前に、最低限のマナーがあるだろうって話だ」

篁が、たまりにたまっていたのだろう愚痴をいっせいにこぼし始めるも、不思議なほど穏やかな気持ちで聞ける。

そう。今夜のディナータイムで、何が一番大変だったのかと言えば、この突然すぎるヴィーガン宣言だ。

食の尊厳は命の尊厳。ヴィーガンの精神論やポリシーに意見する気は、飛鳥馬も篁もまったくない。前もって確認をしてくれれば、できる限りの対応するだけだ。

篁や店のスタッフたちが胸中で悲鳴を上げることはない。

チーフが憤怒の形相となった頬を、トイレで自ら叩きまくることもなかっただろう。

ただ、何が問題なのかと言えば、やはり来店してから言い出したこと。そして、それを招いた重役が、フォローもせずにごり押ししてきたことだ。

「でも、ちゃんと乗りきったじゃないか。あれは、すごかったよ。俺もキッチンとテーブルを往復しながら、すごく興奮した。ああは言っても、重役さんも友人のためにすごい無茶ぶりをしてるっていう自覚はあるから、落ち着きがなかったし。問題のご夫婦はブツブツ言い合いっぱなしだし。他の方たちも、どう対応していいのかわからなかったのか、最初は俯《うつむ》きっぱなしだしね」

妻の愚痴から推測するに、夫のヴィーガンは最近言い出したばかりで、正直言って半信半疑だった。自他ともに認める美食家だけに、すぐに気が変わるだろうぐらいに受けとめており、友人たちとの外食にまで我を通すとは思わなかったらしい。

それが、店の前まで来たところで【今夜はヴィーガンでフレンチか。楽しみにしてきたんだ。どんな料理が出てくるのかワクワクする】と言い出したことで初めて、本気だったのか！　と衝撃を受けたらしく――。

【何を言っているの、あなた。そんなオーダーしているわけがないでしょう！　今夜はシェフにお任せ、みんなで同じものを堪能しましょうってスタイルで、重役さんがわざわざ予約を入れて

くださったのに】

【なんだと！】

ものの数秒で夫婦喧嘩が勃発だ。リザーブされていた個室どころか、店内にまで不穏な空気が流れて、十分はよどんだ。

チーフもギャルソンたちも、店内の雰囲気の浄化に胃をキリキリとさせて、接客に当たっていたほどだ。

しかし、それでもキッチン内の困惑とは、比べものにならないだろう。

だからこそ飛鳥馬は、乗りきった篁たちが素晴らしいと、手放しで称賛できるのだ。

特に陣頭指揮に立った篁が――。

「けど、前菜のあとスープが出てきたあたりから、みるみる表情が変わった。テーブルの話題も、ヴィーガンの善し悪しがどうこうっていう喧嘩腰のものから、シェフの機転が素晴らしいなってほうに変わった。お客様の口調が軽くなっていったんだ！」

飛鳥馬の瞳が輝き、声まで弾む。

「それだって、飛鳥馬があらゆる場面で機転を利かせてくれたからだ。怒り狂ってメニューを検討していた俺たちにも、目が覚めるようなアドバイスをくれたしさ――」

それでも篁自身は、飛鳥馬ありきだったと、未だ苦笑を浮かべる。

飛鳥馬に醜態《しゅうたい》を見せたことが恥ずかしかったようだ。

〝――篁さん。どうするんですか⁉　ヴィーガンってことは、オードブルからしてフォンやブイヨンを使ったものはオールアウトですよね？〟

〝え⁉　今日のメニューで動物性の品を抜いて出したら、ただの生野菜だろう！〟

〝今考えてるから、ちょっと待ってくれ〟

今日のキッチンは、篁が中心と言ってもいいほど、若手と中堅のスタッフで構成されていた。

そのため、年配の料理長がいればまた違ったかもしれないが、周囲の困惑、混乱が一気に篁にのしかかってきた。

しかし、それが篁にとっては感情を煽るだけ。冷静に状況を判断し、解決策を探す邪魔になったのだろう。

見ていてそれが理解できたので、飛鳥馬は近くにいたスタッフに声をかけて、片っ端から食材庫の扉を開けさせてもらった。冷凍・冷蔵から常温品、乾物から調味料までとにかく目についた食材を取り出して、調理台に並べていったのだ。

そして――。

〝篁、落ち着いて。まずはこれを見て〟

〝え？　なん――⁉〟

〝ヴィーガンなら、ここに出した豆、野菜、茸、海藻、ナッツ、果物、玄米、全粒粉と植物性油に調味料でOKだ。あと、和食レストランから昆布や豆腐、豆乳、寒天や葛粉あたりの、精進料理に使える食材を分けてもらおう。一度気持ちをリセットして。ここにあるもので料理立てに徹してみて。篁なら絶対にできるはずだから〟

〝あるもので、精進料理って。和食になっちまうじゃないか〟

〝この状況で、フレンチだの和食だの言っていても始まらないだろう。向こうだって無茶な要求をしている自覚はあるんだ。誠心誠意工夫したものが出てくる分には、文句は言わないと思う。それに、彼らはフレンチチャンピオンが作った料理に一番期待をしている。それに応えられるのは篁しかいなし、正々堂々と『これが俺のフレンチだ』って言えば、問答無用でフレンチだから大丈夫だよ〟

いささか強引ではあるが、飛鳥馬は自分がシェフではないという立場を活かして、今だけは篁自身がルールだと言いきった。

〝なるほどな――。そうしたら、魚肉を豆料理に変更して、コース内容を整えるのが一番手っ取り早いし効率もいいか〟

だが、きっかけさえ得られれば、そもそもが有能なシェフだ。

篁はすぐに、コース料理のイメージをホワイトボードに書き起こし始めた。

それを見てスタッフも落ち着きを取り戻していく。

〝でも、篁さん。フォンはどうするんですか？　スープは？〟

〝スペシャルコースのコンソメに合わせるなら、茸と昆布に野菜のベースでどうにかだな。ソースにしても、香辛料でどうにか変化がつけられる。デセールはどうだ？〟

〝はい！　材料を見ていたら、イメージができてきました。とにかくここに出ているものだけで、作ればいいいんですよね？　大丈夫です。篁さんのスペシャルコースに見劣りしないものを、必ず作ります〟

一度地の底まで落とされたような気分からの復活だ。自然と高揚してくるのが、皆の顔にも表れた。

――これならいける！

飛鳥馬は、キッチンは大丈夫だと確信した。ならば、あとはフロア――接客側だ。

〝そしたら、俺は食前酒の間に世間話でもして、少し時間を稼ぐよ。魚肉やキャビア、フォアグラが使えないのはきついだろうけど、トリュフは使える。ここにある生鮮野菜は素晴らしいし、そもそもすべての食材が厳選されたものだろう？　篁たちなら必ずお客様に喜んでもらえるフレンチ・ヴィーガンコースができるはずだから。頑張って！〟

〝ありがとう〟

飛鳥馬は、篁たちへの信頼を自分の自信に変えて、魔窟《まくつ》となりかけていた個室へ向かった。

まずは、メニューは変更の上、コースが恙《つつが》なく出されることを報告してから、食前酒や本日の食材の産地などのうんちくを、あれこれ語って時間を稼いだ。

その中で、ヴィーガン夫には有機野菜の素晴らしさを語って機嫌を直させ、また妻を始めとする同席者たちには、この状況を今宵限りのイベントとして楽しみ、また堪能できるようにと説《と》いていった。

何せ、誰もが食通を自負している者たちだ。こういったことはイレギュラーであり、本来なら対応しない店もあることは承知しているのだ。

仮に努力してくれたとしても、従来のお任せコースと同等を求めるのは無理難題で、篁たちがそうとうなリスクを背負って請け負ったことまで理解している。自分たちがすっかり我儘《わまま》になっていることを気にかけて、ある者は気落ちし、ある者など腹を立てていたのだ。

だが、これではせっかくの料理や篁たちの努力も台なしだ。

なので、飛鳥馬はまずはお客様の気分を変えて、整えてもらうために、食事がエンタテインメントであることを強調した。

思いがけないお題に、シェフたちもやる気ですよ――などと、多少は盛ったが。最後は篁たちの努力が、素直に感動になるようにと願い、できる限りのことをした。

「なんかさ。シェフを名乗るには恥ずかしい限りだけど、精進料理って言われるまでピンとこなくて。あとは、視覚で確認させられたことがすごく大きかった。目の前の食材だけで作れって言われれば、意外とどうにかなるもんだ。まずはヴィーガン用の食材を選別ってところから始めようとして、頭が混乱状態になってたしな」

篁がキッチンから挨拶に出たのは、デザートの準備までを見届けてからだった。

当然、飛鳥馬がどんな接客をしたのかは見ていない。

おそらくはチーフやギャルソンたちが報告したのだろうが、一番はヴィーガンの客から感謝と謝罪をされたことが大きかったのだろう。それらで得た篁の安堵と喜びのすべてが、飛鳥馬に向けられているのは困りものだったが――。

「キッチンにある食材が頭に入っているからこその混乱だよ。それに、フレンチだけでなく、和食の基礎も踏まえているから応用が利いたんだ。結果としてすごくお客様に喜んでもらえたのは、篁の経験と腕。そしてチームワークだと思う」

「だとしても、やっぱり俺は飛鳥馬ありきだな。本当に、窮地《きゅうち》を助けられてばかりだ」

「たまたま今日の代役が上手く、無事に務められただけだって」

「今日だけのことじゃないから言ってるんだよ。飛鳥馬に助けられたのが」

「――？」

だが、手にしたビールが水割りに変わった頃だろうか。

篁が急に目の前のテーブルをずらして、飛鳥馬と向き合う姿勢を取ってきた。

ウサギが驚いて、長い耳をピンと立てる。

飛鳥馬は反射的に、ウサギの背を撫でて、落ち着かせる。

「今頃、ごめん。本当言うと、飛鳥馬が知らないところで、以前にも助けられている。俺が一方的にそう思っているだけだけど……。それでも、今こうしてシェフをやっていられるのは、飛鳥馬の頑張りを見て、励まされたからなんだ」

「俺の頑張り？」

「ああ。飛鳥馬がパリにいた頃だ」

「パリ？　え？　それってまさか、俺がマンデリン・パリで修業していたときのことを言ってるの？」

「そう。俺が向こうの三つ星レストランで修業しているときに、先輩たちがこれも勉強だからって、いろんなホテルやレストランに連れて行ってくれたんだ。で、そのときに見かけた」

思いがけない話が飛び出した。

嘘だとは思わないが、飛鳥馬はただ驚いた。

「当時は言葉の壁もあって、周りにも上手く馴染めていなくて。正直言って、人生初の挫折《ざせつ》だぐらいに凹《へこ》んでる時期だった。人見知りなんてしたことがなかったのに、仕事以外ではろくに口も利かなかったな。とにかく日本語が恋しかったんだが、そういう弱音を吐ける友人みたいな奴もいなくてさ。ほら、何かにつけてマウント取ろうっていうのが周りに多いって言っただろう。だから、ここで弱音を吐いたらきっと——って、警戒しちまってさ」

一瞬、もしかしたら自分は篁を接客したのに彼だと気付かなかったのか⁉　と焦った。

「けど、そんなときに〝すみません〟って言ってるのが聞こえて。見たら、咄嗟に出ただろう日本語に口元を押さえている飛鳥馬がいた。先輩は何度か来てたし、日本人がいるのを知ってて、俺を連れて行ったみたいだった。俺は、そのときばかりは、飛鳥馬の姿をガン見したよ。耳も澄ませた。で、焦ったり慌てたりすると、やっぱり口癖みたいに母国語が出るんだよなって。そういうの見てたら、俺だけじゃないんだってホッとしたんだ。ただ頑張ってる飛鳥馬に対して恥ずかしくて――。声をかけられなかったけど」

しかし、そうではなかった。

今なら、どうして水くさい――と言うところだが、パリでの修業時代なら、それも不思議はない。むしろ、よく覚えていたな、大人になった自分がよく一目でわかったなと感心してしまう。

それぐらい、飛鳥馬からすると篁は遠い存在だった。

それだけ当時の篁が孤独だった証かもしれないが――。

「いつしか俺は、飛鳥馬も頑張ってるし負けられないって思った。飛鳥馬は気付いてないけど、一人で様子を見に行ったこともある。逆に、飛鳥馬が彼氏と、俺がいた店に来たことも」

「……えっ。篁、それって……」

だが、飛鳥馬の驚きは尚も続いた。

(彼氏って……。尭喬さんのことを知られている!?)

途端に鼓動が速くなる。

この先何を言われるのか、怖さを感じ始めた。

「間違いだったらごめん。ただの知り合いだったとか、そういうのだったら、本当に申し訳ない。けど、俺にはそんなふうに見えたし、先輩たちも〝ここではそれほど珍しいことじゃない。彼らのデートはこれまでにも見かけているし、いつもハッピーそうだ〟って、言ってたから」

篁は、特に口調を変えるわけでもなく、飛鳥馬の恋人が同性であること自体は、あまり気にしていないようだ。

だからだろうか、飛鳥馬は久我のことは否定しなかった。

「——そう」

むしろ隠し事がなくなる気がして、肯定した。

生理的に無理だと示されなかっただけで、ホッとしたからだ。

こんな気持ちを味わうのは、久我と付き合い始めたとき以来だった。

彼を受け入れ、愛した自分に後悔はないが、こうした瞬間に説明のつかない罪悪感を覚えてしまう。

まるで、篁に対して急速に芽生え、育っていく好感の意味を問われているようで——。

「けど、それ以来、なんか飛鳥馬へ気持ちが変わっていって。悪い意味じゃなく、これまで意識したことのなかった、恋愛感情みたいなものが芽生えたんだ。でも、恋人がいるのに——諦めるしかないだろう。だから、あのときは諦めたんだ。本当に、すっぱり諦めた」

しかし、そんな飛鳥馬に、篁が利き手を伸ばしてきた。

（え⁉）

ウサギを撫でる手に触れようとしたのか、だが、すぐにそれは引き戻される。

飛鳥馬の胸の鼓動が、いっそう高鳴る。

これまでとは、響き方まで違ってきている。

「それで、自分も頑張って恋人らしきものを作ってみたり。けど……、いざ付き合ったら、同性が好きなわけじゃなくて、やっぱり飛鳥馬だから好きだったんだろうな……とか、気付いて別れて。更に凹むことになったけどさ。でも、失恋者に優しいのって万国共通なのかもな。そんなことがあってから、先輩たちが嘘みたいに優しくなったよ。おかげで充実した修業時代が送れた。俺は、飛鳥馬に会ったおかげだなって、思ってる」

篁は、二人にとって空白だったはずの時間に、そこには常に飛鳥馬の存在があったことを熱っぽく語ってきた。

「――で、そんな思い出さえ薄らいだ頃。帰国した俺は、同業友人の披露宴に出席して、高砂から陣頭指揮を取っていた飛鳥馬を見かけた。そのときは飛鳥馬がマンデリン東京に就職したんだと思ったけど、あとで友人から香山配膳の派遣で来ていたと教えてもらった。香山配膳のことは、帰国して最初に覚えたかな――ってぐらい、すごいところだと知っていたから、飛鳥馬は飛鳥馬で修業の結果を出したんだって思った。感極まった。なんていうか。パリでの片思いがどうこうじゃなく、いつか俺も料理をサービスしてほしい。何かの形で一緒に仕事がしたいっていう、職人としてやる気が湧き起こって——。その情熱がモン・シュマンでの仕事と評価に繋がり、コンクール出場や大賞にも繋がった」

話自体は仕事を通してのことばかりだったが、飛鳥馬にとってはこれが非常に重要だ。

特別な意義や価値を持っている。

「そして、ようやく実績の上に成り立つ自信みたいなものが出てきたときに、同窓会の話がきた。本当は幹事なんかじゃなかったのに、二つ返事で手伝いを引き受けた。これも飛鳥馬との会話の糸口になるかもしれないとか、話しかけても自然だよな——とか。あれこれ考えて、馬鹿みたいにノリノリで引き受けた。それこそ会場に使った店のオーナーには、初恋の方でも来るんですか？　ってからかわれたぐらい。もちろん、そこは〝いいえ、来るのは香山配膳にいる同窓生なので、気合いが入ってるんです〟って言ったら、向こうにも思いきりはりきられたけどさ」

飛鳥馬がここへきて、急速に篁恭冴という男に惹かれたのは、間違いなくこの仕事に対する同一の価値観のためだ。

ただ、恋愛的に——となると、どうだろうか？

篁には自身の中で積み重ねてきた感情があるのだろうが、自分には？

「——で、同窓会の夜。俺はこの唇が恋人と別れた、今は一人だって言ったのを聞いた」

「篁」

「誤解されそうだが、フリーと聞くまでは、シェフとしての俺が最高の給仕である飛鳥馬を求めていた。あくまでも仕事上でいい仲間になれたら――そう思っていた。けど、飛鳥馬が今一人なら俺にもチャンスがあるかなとか……。このまま黙って仕事仲間の一人になれたとしても、それで満足できるのかなとか、葛藤《かっとう》もあった」

告白の予感に、飛鳥馬は指先を震わせる。

すると、篁が意を決したように、改めて利き手を差し向けてきた。

ウサギを撫でていた手を取り、ぎゅっと握り締める。

「けど、この思いを隠し続けていくのは、やはり無理だった。結果はどうあれ、気持ちを伝えないうちに、飛鳥馬に新しい恋人ができたら後悔じゃ済まない。自分で自分が許せなくなる気がした」

「……篁」

「もちろん、これって別れたばかりだって言っている傷心に、つけ込む行為だとは思う。でも、今日の飛鳥馬を見たら、仕事を見たら、言わずにはいられない」

真っ直ぐに向けられた瞳の中に、新たな恋に焦がれる自分の顔が映っていた。

飛鳥馬には彼に対して、すでに特別なトキメキを感じた自覚がある。

それに気付いて戸惑い、否定し、うやむやにしようとした自覚も。

まさか篁が自分を、同性を恋愛対象にするとは思っていなかったから――。

しかし、そう考えると誰かを意識し、恋が芽生えるのに時の積み重ねはさほど関係がないのかもしれない。

相手に惹かれる要素があるかないかだけで――。

（篁――）

ふと、ホテルの一室で食べたサンドイッチが思い起こされる。

嬉しくて、美味しくて、心が弾んだ。

ひときれごとに楽しくなって――、あの気持ちが飛鳥馬にとっては、もっとも正直な感情だということはわかっている。

「飛鳥馬が好きだ。説明がつかないぐらい、尊敬しているし、愛している。こう、込み上げてくる欲求が止まらな――、うっ‼」

「ぷーっ」

しかし、もっとも大切なところで、ウサギが飛鳥馬の手を握る篁にパンチを繰り出した。

「うさの助！」

「ぷっ！　ぷっ！」

驚くよりも感心するほどのパンチ、パンチ、キックの連続に、飛鳥馬も慌てることしかできなかった。

すると、篁がすぐさまウサギの首根っこを押さえる。

「気持ちはわかるが邪魔をするな。俺もお前のご主人様が好きなんだよ」

「ぷっ！　ぷっ！」

「わかってる。お前も二番目に好きだ。だから、今夜は大奮発してオーガニックの高級人参を土産に持ってきただろう。こいつはお前のために、わざわざホテルの契約農家から自腹で取り寄せたんだぞ。少しは忖度《そんたく》しろよ、空気を読め！」

暴れるウサギを抱えて立つと、その目線を自分のそれに合わせて、本気で言っている？

「ぷっ」

「おとなしくしててくれたら、次は果物かな～。お前も野良をしていた時代があるなら、本能で察知できるよな。こいつはウマい飯の匂いがする人間だ。自分のところにもいろいろ持ってきてくれる、超使える人間だって。ただし、敵に回したら――。わかるよな」

どうやら本気だ。一瞬ウサギが固まったように見える。

篁の目が完全にシェフだ。それも〝俺はジビエの扱いも得意だぞ〟と言っているように感じるのは、飛鳥馬の妄想ではないだろう。

「はい、おやすみ！　いい子で寝ろよ」

「ぷっ！　ぷっ!!」

篁は黙らせたウサギをサークル内に置かれたケージの寝床へ入れると、脇に置かれたカバーをバサッとかけた。

最後に「ぷ」と不満を漏らしたようだが、今回は諦めたらしい。

その様子を、じっと見つめていた飛鳥馬のもとへ、篁が戻ってくる。

「ごめん、飛鳥馬。話が逸れた。けど、俺は本気だから。嘘じゃない。いきなりで信じられないかもしれないけど……」

座り直して告白してくれたが、飛鳥馬のほうが上手く気持ちが切り替わらない。

むしろ、どうやったらこの切り替えができるのか、篁に聞きたいぐらいだ。

しかし――駄目だ、彼は真剣だ。本気で告白してくれたのだから――と、自分に言い聞かせたところで、かえって限界を超えてしまった。

飛鳥馬はふいに「ぷっ!! くくくっ」と噴き出し、笑ってしまった。

「飛鳥馬!?」

「ごめん……。なんか、もう……。うさの助とのやり取りが可笑《おか》しくて」

そう、確かに篁は真剣に話し、短い時間の中で律儀なほど丁寧に説明し、そして告白してくれた。

だが、その真剣さがウサギ相手でもまったく変わることがなかったことが、飛鳥馬にとっては、笑いのツボだった。堪えようとした分反動が大きく、我慢できなくなってしまったのだ。

「……しくじったか。買収かつ脅迫が見え見えだもんな」

篁は、ガックリと肩を落とした。

それを見て、今度は飛鳥馬のほうから、思いきって手を伸ばした。

「そうじゃなくて。昼間のサンドイッチは美味しかったなって。俺も、うさの助と一緒で、胃袋を摑まれたのかもしれないなって、思えて」

再会の夜から、幾度となく見入った彼の手を、そっと握った。

「……飛鳥馬」

「いや、そうじゃないか。本当は、同窓会でフォローしてもらったときから、好きになっていたよ。篁のこと」

篁は誠心誠意、本当の気持ちをぶつけてくれた。

飛鳥馬は、同じほど正直に返そうと決意した。

「もちろん、恋愛じゃない。なんていうか、こんな感じの奴だったんだとか。今日まで知らずにいて損したな——とか。けど、これって俺が香山にいるからであって、そうじゃなかったら、気にも留められていなかったかな？　所詮仕事繋がりだし——とか、いろいろ考えていたから」

思えば、同窓会の夜から今日という日まで、まだ一週間も経っていない。

途中で電話やメールは交わしたが、こうして会うのは二度目だ。

だが、この二度の出会いはとても心地のよいもので、交わした言葉は重くて尊い。

おそらく他人には理解できないことかもしれないが、飛鳥馬にとっては長年求め続けてきたにもかかわらず、枯渇《こかつ》していた部分が一気に潤ったのだ。

篁という理解者を前にしたことで——。

「でも、仕事を通してだけでも、俺には篁が評価してくれたことが嬉しかった。なんでもないようなプレート盛り一枚を誉めてくれて、美味しいって言ってもらって。それまで頑張ってきた自分が、ようやく認められた気がして。本当に嬉しかったんだよ。前の男と別れた原因の一つに、ここを認めてくれない相手だったから――っていうのもあったから」

「飛鳥馬」

「ただ、正直言ってしまうと、反動で篁のことが好きになっているのか、俺自身が同性でも恋ができるタイプだから、いいな――って感じるところに、変なトキメキが乗っかっているだけなのかがよくわからないんだ。その、別れた男としか付き合ったことないし……。なんていうか、自分には恋愛の入り口が見えてないというか。仮にこの〝いいな〟が恋であるなら、気持ちの切り替えが早すぎるだろう――とか。これはこれで許せない気がして。甘えたいだけとか、逃げたいだけとか、そんな気もして」

とはいえ――。

飛鳥馬は自分の気持ちに正直になればなるほど、よくわからなくなった。

あまりに急速に気持ちが傾いていったために、むしろ恋ではなく、自身の都合なのではないか、穴埋めなのではないかとも思えたからだ。

するど、篁がもう一方の手を伸ばし、改めて飛鳥馬の両手を自身の両手で包み込むようにして握り締めてきた。

「──なあ、飛鳥馬。世の中にはレストランでハンバーグを食べている最中に、無性にラーメンが食いたくなる奴もいる」

「え？」

「食いかけのハンバーグの代金を踏み倒して、ラーメン屋に駆け込んだら、それは罪だと思う。もしくは、ハンバーグを食いながら、ラーメンを出前してもらっても、そら金を払えばいいってもんじゃないだろうってことになる」

新たに口説き文句を乗せてくるのかと思えば、ウサギを買収脅迫する以上に、おかしなことを言い始めた。

「だが、レストランできちんと精算を済ませて、ラーメン屋に梯《はしご》する分には問題がない。ましてや、もうあのレストランのハンバーグはいいや、ご馳走様って思ったところで新店舗に目がいった。胃もたれ気味だったところが改善し始めて、新たな好奇心も芽生えて、ここで新規開拓。ラーメンを食べてみようかな──で、食したところで、誰が何を言えることじゃない。仮にレストランから、よくもうちの客を！　って文句を言われたところで、繋ぎ止められなかったお前の腕が悪いんだろうって言うだけだ。けど、これって恋愛も同じだろう」

篁の言わんとすることはわかる。

だが、飛鳥馬からするとこの説明のされ方で現状を理解し、納得するには若干困惑を覚える。

「飛鳥馬が多少なりとも俺に気が向いた。トキメキのようなものまで感じたって言うなら、それは俺がご馳走だっただけだ。別れたら次の人だって、上等じゃないか。人間は食わなきゃ生きていけないんだよ、飛鳥馬にとって恋愛が食と同等だったと思えば、それで済むことだ」

例えが突飛すぎて、飛鳥馬の戸惑いに拍車がかかったことは、篁も察していたのだろう。

しかし、今更あとには引けなかったのか、お構いなしだ。

完全に我が道を貫いてくる。

しかも、握り締めた両手を引き寄せられて——。

「一番大事なことは、過去は清算済みってことだ。スマートフォンを番号ごと換えたって言ってたけど、ようはそういうことだろう。今はまだ、俺は好きな仕事に打ち込み、誇りを持って光り輝いている飛鳥馬佳久しか知らないと思う。結局、俺が仕事馬鹿だから、同じ匂いのする飛鳥馬に惹かれた。惚れて、ほしいと思ったのかもしれない」

飛鳥馬は篁に抱き寄せられて、息が止まりそうになる。

ドキン——と、一際高く鳴った鼓動が、一秒ごとに早鐘のように鳴っていく。

「けど……。入り口はどうであれ、好きは好きだ。愛しているし、愛してほしい気持ちに変わりはない。嘘もない」

「篁」

「お前も、俺が好きでいいじゃないか」

体格差はあっても、同性だ。本気で逆らえば、逃げられる。

だが、飛鳥馬は目の前の男を突き放したくないし、この腕から逃れたくもなかった。

ましてや、近づく唇に色気を感じ、首を傾げられるほど見入ってしまったのは、飛鳥馬のほうが先だ。

躱《かわ》せるはずがない。

(俺が、篁を好きでもいい)

飛鳥馬は軽く瞼を閉じて、自分からも唇を合わせにいった。

(俺が……篁を……)

おずおずと掠《かす》るだけの接吻《せっぷん》を二度、三度繰り返す。

自然と飛鳥馬の両手が篁の背を、肩から首を撫で上げていく。

(篁の髪……。この前も思ったけど、見た目よりも細くてさらっとしてる。でも、肩から腕、背中はすごくしっかりしていて、着痩《きや》せするんだな。胸板も厚い——)

唇から、触れ合う肉体の一部から、これまで知ることのなかった相手を探った。

無意識のうちに、篁のすべてを知ろうとしているのかもしれない。

(身体が少し火照《ほて》っているのは、飲んだせいかな？　それとも、キスのせい？)

すると、飛鳥馬の背を抱く篁の腕に、グッと力が入る。

「……あっ」

その場に押し倒された瞬間、唇と歯列を割って、篁の舌先が潜り込んできた。

「んんっ……っ」

急激な変化だが、されるがままに受け止めた。

息もつかせぬような深いキスは、欲望に火をつけることがあっても、消すことはない。

のしかかられて、重なり合った身体の部分部分で、飛鳥馬は篁からの求愛を感じ、また強欲なまでの性をも感じる。

それに誘われ、煽られ、自身が乱れ始めているのもよくわかった。

何もかもが濁流に呑まれるように流されていく。

「飛鳥馬……っ」

「ちょっと、待って。せめて、シャワー」

だが、器用な彼の手がシャツを開き、ズボンまで難なく寛げたところで、飛鳥馬は思わず停止をかけてしまった。こんなときに何を言っているんだと自分でも思ったが、口に出してしまったことは、回収できない。

ただ、これが多少は遠慮がちだった篁の機嫌をよくしてしまった。

「そんな最高の〝イエス〟をもらって、待てる男なんていないだろう」

「……っ」

揚げ足を取ったわけではないだろうが、そう言われればそうだ。

〝ちょっと、待って。せめて、シャワー〟

その先に言葉が続くなら「浴びてから――しよう」しかない。

飛鳥馬の頬が一気に赤く染まった。

特別若くもなければ、初めてでもないのだから、いっそ年相応のムードが出せればいいのにと思う。仕事でならそれなりに振る舞えると思うのに、こんなときに限って半端な態度しか取れない自分が恥ずかしくも恨めしい。

「それを言ったら、自分をラーメンに例えて口説くチャンピオンシェフもいないよ。恋愛を外食に置き換えて説明されたのも初めてだ」

せめて、これぐらいは――と思い、かけていた眼鏡は自分で外した。

それを頭の上へ転がすようにして、仕切り直す。

苦し紛れの台詞に、浮かべた微苦笑が、どれほど篁の目に艶《なま》めかしく映るのかを、飛鳥馬は知らない。

「ときには饒舌《じょうぜつ》なソムリエにもなる高級給仕を相手に、気取ってみせたところで、すぐにボロが出るだけだろう」

「篁ってば」

乱れた前髪がこめかみから頬にまとわりつく飛鳥馬を見下ろして、篁はニヤリと笑った。

飛鳥馬はそれを見上げて、背筋がぞくりとした。

身体の奥が、芯が、どうしようもなく火照る。

「お互い、自分の行動には責任が取れる年だ。中学生が交際を始めるのとはわけが違う」

「――でも、中学生ならそんな言い訳は浮かばない」

「それもそうか」

飛鳥馬は、わずかな放熱を求めて、篁が衣類を剝ぐのに手を貸した。

だが、彼の目に自分の肌が映れば身体が火照り、また彼の肌を目にしても身体が火照った。

欲望のまま脱ぎ散らかした衣類をどかすも、投げ出された脚がフローリングに触れ、冷たくて気持ちがいいと感じたのはほんのわずかなひとときだ。

それさえ抱き合い、口づけし合えば、生ぬるいとしか感じない。

「飛鳥馬……」

篁の手が、唇が、飛鳥馬の身体の一部一部を確かめながら、下腹部を目指して愛し始める。

そして、それを受け止める飛鳥馬もまた、彼の頰や首筋に触れ、また肩から背に触れて、吐息をするように愛撫し、キスをしていく。

それがまた止めどなく自身を熱くする。

篁自身の欲望が膨《ふく》らみ飛鳥馬の腿《もも》に当たるように、飛鳥馬のそれもまた彼の下腹部に当たり始める。

（どうしよう……っ。止まらない）

今更行為をやめる気はないが、経験のない暴走の予感を覚える。

（――やっぱり、着瘦せするタイプだ。綺麗で頑丈な筋肉）

妙に性急になっているのは、篁への興味や好奇心なのか、それとも自身の性欲か。もしくは、ただ愛されるだけ、身を任せるだけの自分を払拭したいという気持ちもあったのかもしれない。

飛鳥馬は愛されながらも、自分だって愛したいんだと心が騒ぐのが止められなかった。

「――飛鳥馬は、……な」

ふと、篁が腿の付け根にキスをし、飛鳥馬自身をそっと握りながら呟いた。

ここまで合わせた身体の位置がずれると、飛鳥馬には篁の髪を撫でるぐらいしかできない。

愛するに愛せないもどかしさを覚えていただけに、「え？」と問いながら、片肘をついて上体を起こす。

すると、篁がクスッと笑い、視線だけで見上げてきた。

「気持ちがいいなって言ったんだ。手触りというか、肌触りというか……。手入れしてるのか？　最近は保湿を気にする男子もいるからな――」

これはただの感想であって、答えを求めていたわけではないのだろう。

篁は、飛鳥馬が言葉を発する前に、手にした飛鳥馬自身を口に含んで、愛し始める。

「……あっ、んっ！」

思わず漏れた喘ぎ声と同時に、立てたはずの肘から力が抜けて、上体を崩す。

「篁……っ、それは……んっ」

それをよしとしたのか、篁は飛鳥馬の左太腿を摑むと、わざと膝を立てさせ陰部に顔を埋めた。

飛鳥馬自身に、更にその奥の陰部に、キスをし舌を這わせて飛鳥馬を鳴かせる。

一人で先にイきたくはないが、一方的に責められてしまうと、我慢のしようがない。

「あ……っ、篁っ！」

再び握り込まれて、扱《しご》かれて、飛鳥馬はつま先から指の先までを震わせた。

全身を稲妻《いなずま》のような快感が走る。

だが、篁はそのままヒクヒクと震える飛鳥馬の秘所を、長くて骨張った指で弄《まさぐ》り始めた。

「ちょっ……まっ……てっ」

白濁が垂れて滑りを増した指が、尚も飛鳥馬に快感を送り込む。

飛鳥馬は奥を探り始めた指から逃れるように身を捩るも、かえって引き込むばかりだ。

（……っ、そこっ）

逃げる気なんてない。本当はもっとほしいくせに——と、腰が蠢《うごめ》く。

「滑らかで、艶やかで……。こうして見る姿が、一番生々しくて蠱惑的《こわくてき》だ。今夜の黒服姿も格別だったけど。黒服を着ている飛鳥馬を乱してみたくなる」

「いきなり……、獣？」

どうにか返事を絞り出すも、直情的な言葉に背筋が痺れる。

黒服《それ》が聖域だとわかっているから、かえって危険な好奇心を触発されてしまう。

だが、それさえ今は快感だ。飛鳥馬は、意図して秘所を窄《すぼ》めた。

きゅっ――と、彼の指を締めつける。

「さすがにそれはできないけど、だからこそ妄想が広がる。禁欲的な一面が、逆に今の俺自身を熱くする」

「篁ってば」

すると、篁は今一度笑って、飛鳥馬の秘所から指を引き抜いた。

愛撫も言葉遊びもこれまでだ。篁が指の代わりに自身で秘所を探り、ヒクつく窄みに押し当てた。

「飛鳥馬」

(――くる)

覚悟をしたときには、飛鳥馬の呼吸が「あっ……っ」と乱れたものに変わった。

思いのほか熱くいきり立った篁自身が、一気に奥まで入り込んでくる。

「……飛鳥馬。ごめん、我慢ができない。俺、お前が好きすぎる……っ」

「ぁんっ……んっ……っぁ」

無意識のうちに、両手が縋るものを探して、篁の肩や腕を摑んだ。

すると、篁のほうからも飛鳥馬を抱き留めるが、その抽挿《ちゆうそう》は更に激しさを増す。

（嘘っ……っ！）

ギシギシと音を立て、身体が軋むようなセックスをするのは、初めてのことだった。

それでも身を裂かれるような痛みを感じたのはわずかな間で、送り込まれる圧迫は、徐々に快感へと変わっていく。

「——飛鳥馬。きついか？　やっぱり俺、乱暴だよな」

「平気。大丈夫……っ」

だからというわけではないが、心では気遣いながらも、身体はまるで我慢ができない篁が、妙に愛《いと》おしかった。

心にも身体にも嘘のない愛をぶつけられているようで、何ひとつブレがない。

自分が感じ、好意を持ち、そして欲した篁恭冴そのままだと実感できたことが、飛鳥馬にはとても心地好かった。

それ以上に、安心を覚えたからだ。

「篁……。もっと奥まできて……っ」

飛鳥馬は、篁の肩に回した両腕に力を込めた。

「本当に平気か？」

「ん……。一番深いところで……、篁がほしい……。俺が、ほしいから——」

彼の耳に唇を寄せ、キスをしてから、極上な愛を、そして我が儘を囁いた。

5

毛足の長いラグが敷かれていたとはいえ、欲情に流されるままリビングでキスをし、身体を重ねる日が来るなど、考えたこともなかった。

(まさか自分が、こんなことをするなんて)

冷静さが戻ってくると、飛鳥馬は篁に背に向け、両手で自分の顔を覆ってしまった。煌々《こうこう》と点いている電灯が急に眩しく感じられ、そうでなくとも紅潮していた頬が更に染まった気がして、恥ずかしくなってきたからだ。

すると、力が抜けた腰のあたりに、脱ぎ散らかしていた篁のシャツがかけられた。

「――ごめん。申し訳ない。まさか自分がこんなに盛《さか》るなんて思ってなかった」

(え?)

今自分が思ったばかりのことを口にされて驚くと、篁が背後から抱き締めてくる。

「でも、ありがとう。上手く言えないけど、金賞を取ったときより達成感あるって気がする。もちろん、比べるものじゃないことはわかってるけど」

肩越しからの囁きに、胸が熱くなる。

絡みつくように伸びた手が、腕がとても心地好くて、それでいて美しい。

(……篁)

飛鳥馬は、細《ささ》やかな羞恥心で彼に背を向けているのがもったいなくなり、その腕の中で向きを変えた。

逞《たくま》しくて健康的な鎖骨から肩のあたりに頬を寄せる。自分も篁の身体に手を回す。

「俺も……ありがとう。自分で驚いてる。こんなところでこんなこと……したことないよ」

くっきりと浮かび上がる肩甲骨《けんこうこつ》を指でなぞると、篁が照れくさそうな、くすぐったそうな吐息を漏らした。告白よりも艶やかで、キスよりもセクシーだ。

こんなところ——と言いながら、どうしてかすぐに移動しなければとも、したいとも思わない。むしろ、今しばらくこうしていたい、二人でだらっとした余韻《よいん》を楽しみたいという気持ちになり、どちらからともなくキスをした。

「飛鳥馬。好きだ」

「——うん。俺も」

唇を離すと、クスッと笑い合った。

＊＊＊

同窓会での再会から、ジェットコースターのような勢いで距離を縮めて、篁と付き合い出した飛鳥馬。

だが、それは飛鳥馬側の感覚であり経過。篁からすれば、一度は諦めた恋を手にしたのだから、感動もひと際。それを表すかのように、「人生で最高についている！」と豪語する篁の弾けぶりは、なかなかのものだ。

「届いてみたら、思ったより狭かったんだよな。自宅ほど広くはないけど、別荘ってことで納得しろよ」

「ぷ～」

飛鳥馬との一夜を明かした翌朝には、自宅用のウサギ用品を通販したらしい。

仕事終わりに待ち合わせをし、初めて篁のマンションへウサギ連れ指定で招待されると、彼が作るフレンチのように洗練された２ＬＤＫのリビングには、寝床とトイレ付きのウサギ用サークルが準備されていた。

飛鳥馬の部屋にあったサークルを参考にしたのだろうが、モノトーンで纏められたホテルライクインテリアに、違和感なく溶け込んでいる。

どこで探して取り寄せたのか、ケージも寝床もトイレもホテルライクでラグジュアリーだ。

ウサギ用にもこんなデラックスなのがあったのか⁉　と驚く。

「なんだか申し訳ないんだけど……。篁が自分の部屋にケージを買ってくれるなんて」

「別に、どうってことない。俺が飛鳥馬との行き来を楽にしたかっただけだから。ほれ、うさの助。今日も特製のフルコースだぞ」

「ぷっ！」

しかも、篁は自分を主の恋人として何が何でも認めさせたいのだろう。特製ご飯がブランドものの陶磁器に盛られて出てくる。

それも、飛鳥馬から見ても、レストランで出される前菜と何が違うのかわからないレベルだ。飾り包丁が入った野菜やウサギリンゴの価値など、はたしてウサギにわかるのか⁉

「野菜はすべて無農薬の産地直送。野性味と旨味を持ち合わせた絶品ばかりだ。美味いぞ～」

「ぷっぷ」

――わかるらしい。

ウサギの態度がこれまでと明らかに違う。

(すごいな……。本気の懐柔を見た気がする)

初夜の翌朝など、完全にふて腐れて篁に尻を向けて糞までしたのに、今は「ちょっとぐらい撫でてもいいよ」な態度だが、これだけの住み処とご馳走でおもてなしを受けたら、ウサギとて靡《なび》いてみせるぐらいのことはするのだろう。

心から気を許しているかどうかは、まだ様子見だが……。

「わかってるか？　お前の料理番と配膳係は、ワールドクラスなんだからな」

「ぷ～っ」

それでも、ウサギはご機嫌で人参をポリポリしていた。

それを見て微笑む篁の目が嬉しそうで、飛鳥馬はなんだか不思議な気分になる。

（篁ってば。中学時代もこんなだったかな？　どちらかと言えば、オラオラなイメージというか、俺様というか。あ、でも――、同窓会のときは、けっこう手厳しいことも言ってたっけ。俺にはそうでもないだけで……）

サークルの前に座り込む篁の背後に、飛鳥馬も腰を下ろした。

（それにしても……。嘘のような、本当のような。篁が俺の恋人か――）

自分より広い肩幅、背中に惹かれて、そっと手を伸ばす。

そっと身を寄せる。

「？」

「ごめん。嫌だった？」

篁が驚いて振り返ったものだから、慌てて身を引いた。

「そんなはずないだろう。むしろ火に油」

「え？」

すると、篁がニヤリと笑って立ち上がる。

飛鳥馬の手を引き、中腰になったところで肩へ担がれた。

「ちょっ、篁！」

ウサギ相手の微笑みに比べると、飛鳥馬に向けられたそれは、発情した雄のものだ。

意識したわけではないが、誘発してしまったらしい。

寝室まで運ばれ、ダブルベッドへ下ろされ、のしかかられると同時に腕の中へ囲われる。

「しかけてきたのは飛鳥馬だからな。ちゃんと責任を取ってくれよ」

わざとらしく股間に股間をぶつけられると、一気に体温が上がった。

気のせいでは誤魔化せないほど、飛鳥馬自身も膨らみ始める。

「……そういうつもりじゃなかったんだけど」

利き手を下腹部まで誘導されて、篁自身をそろりと撫でる。

デニムの上から触れても尚熱く感じるのは、自身の興奮のせいか、篁の高ぶりのせいか――。

飛鳥馬が確かめるように探り、デニムの前を寛げ、下着の上から今一度探る。

(熱い……)

存在を掌に主張する篁自身が、飛鳥馬の欲情に火を灯す。

中指の先で奥の膨らみを気にかけながら、篁自身を握って、ゆっくりと摩《さす》った。

篁の吐息が微かに弾み、音色に甘みが加わると、羞恥よりも淫欲が増してくる。

見上げる篁の輪郭、顎から首筋へのラインに色気を感じて、それがいっそう飛鳥馬の愛撫を強くする。

「……飛鳥馬は……、だな」

「ん？」

「真面目で楚々《そそ》とした顔をして、けっこういやらしい表情をする」

「……え」

無意識のうちに、欲情が顔に出てしまったのだろうか？

急に恥ずかしさが増してきた。

「でも、それがたまらなくいい。俺にとっては、予期せぬボーナスというか、サプライズ的なご褒美って感じで」

だが、彼が飛鳥馬に対して言うのも、飛鳥馬が彼に対して思うのも、内容に大差はない。

篁は、あえて言葉にすることで飛鳥馬の反応を楽しんでいるようだが、飛鳥馬は自分の中で彼に対する印象を感じて楽しんでいるだけだ。

そう気付くと、自分のほうがいやらしいような気はする。

「そ、それを言ったら篁だって……」

かといって、飛鳥馬が感じたことを口にするのは、躊躇《ためら》いがあるというよりは表現が難しかった。見るたびにときめく部位が変わり、官能を覚える仕草も変わるからだ。

飛鳥馬にとって篁の肉体やセックスは、それほど限りなく未知に近い存在だ。

今から、これから、知っていきたいと胸がときめくばかりで困ってしまう。

「そりゃあ、ここ最近の俺は、いやらしい顔をしてるだろうな。飛鳥馬を前にすると、願望が垂れ流しになってる自覚があるから」

とはいえ、この手のことを至極爽《さわ》やかに言い放つ篁に、変ないやらしさが出ないのは羨ましい気がした。

篁は飛鳥馬に対して冗談と本気を巧みに使い分けてくる。

語尾に獣のような色香を含ませるときもあれば、からかいだとわかる茶目っ気を前面に出してくることもあり、これらも飛鳥馬にとっては惹かれるところだ。

「そういう開き直りは狡《ずる》いだろう」

「なら、飛鳥馬も開き直れよ。どうせ誰が見てるわけじゃないんだから」

さりげなくこめかみに落とされるキス、シャツのボタンを外す器用さ、飛鳥馬を見下ろす視線のすべてが愛欲を掻き立てる。

「……どうなっても、知らないぞ」

飛鳥馬はいくらか頬を膨らませてみせると、篁の肩を押して、体勢を入れ替えた。

ベッドに横たえた筋肉質な身体を、肩から腹部まで見つめて衣類を乱す。

そうして先に寛げたデニムへ指を這わせると、下着の中から窮屈そうにしていた篁自身を引き出し、口づける。

(――んっ)

唾液で潤う舌先で亀頭を掬《すく》うと、いっそう力強く反り返る。

口内で限界まで膨張した彼を愛して、淫靡《いんぴ》なひとときに酔っていく。

飛鳥馬にとっては、例えようもなく抽象的で、甘美な瞬間だ。

自然と下肢が揺れたのか、篁が不意に尻を撫でてきた。

「あんっ」

「いや、それは想定外だ……。だったら俺にもさせてくれ」

両手で腰を摑まれ、ズボンを下着ごと下ろされる。

飛鳥馬が驚く間に、下半身を晒《さら》され、ズボンがベッド下へ放られた。

「ちょっ、篁」

剝き出しになった下肢を篁に向けて、胸を跨《また》ぐように強いられ、四つん這いにされる。

「恥ずかしいって」

さすがに抵抗を試みたが、篁は悪びれた様子もなく、飛鳥馬の秘所にキスをした。

腰を抱えるようにして、陰部も同時に弄ってくる。

「でも――、ここはしっかり欲情してる。恥ずかしいだけで、嫌じゃないんだろう？」

「……ぁっ……そういうことじゃなく……」

すでに中頃まで勃《た》起っていた飛鳥馬自身は、篁の手の中で為されるがままだ。

口づけられた秘所の窄みを舌先でこじ開けられて、堪えきれずに喘いでしまう。

「んっあん……っ」

「もっと、乱れた姿が見たい」

そう言った彼が、舌先を指に入れ替えた。

初めて感じる太さと強張りに親指だと気付くが、すると中が疼《うず》いてたまらない。身体の奥のほうから、物足りないと欲求が強くなり、性急さが増す。

「篁っ」

「喘ぐ声も、聞きたいんだよ」

抽挿される親指が、そして絶頂を焦らしているようにしか思えない自身への甘い愛撫が、飛鳥馬の上体を崩し、下肢ばかりをうねらせる。

どれだけいやらしい姿を彼に晒しているのかと思うも、考えただけで欲動が増してしまい、どうしようもない。

（もう――――！）

飛鳥馬は自ら刺激を求めて、懇願するように篁自身を口に含んだ。

言葉もなく、むせびそうになるほど篁自身を愛撫し、絶頂へ誘《いざな》う。

「飛鳥馬といると、自分でも驚くことばかり起こる」

先に一度落ち着きたいという強欲が通じたのか、篁が指を入れ替える。

入り口で躊躇いを感じさせるも、ゆるりと入り込んできた。中指と人差し指の二本だ。

（あっ……、いい）

誤魔化すことなどできない快感から、素直に悦《よろこ》びの声を漏らす。

だが、それは口内を満たし、今にも弾けそうな篁自身に阻まれた。

（っっ、篁っ！）

声にならない愉悦を聞いてか、篁が激しく飛鳥馬自身を扱き、また飛鳥馬の奥襞を擦り上げるようにして突いてくる。

「ん……はっ――っ」

突然押し上げられた絶頂に身体を撓《しな》らせ、飛鳥馬が篁の陰部から顔を上げる。

「――俺は自分をこういうセックスに興奮するタイプだとは思ってなかった。でも、これって結局、飛鳥馬だからだろうな。同性の尻見て、綺麗だの可愛いだのって思えるのは、一生飛鳥馬と、うさの助ぐらいだろうって思うから」

飛鳥馬が子鹿のように下肢を震わせる。

その腰を撫でる篁が、程よく引き締まる臀部《でんぶ》に舌を這わせながら、上体を起こす。

篁自身が行き場を求めているのは、充分承知している。

「――篁」

「ん？」

「俺から……いい」

飛鳥馬は伏せていた身体を捩り起こして、篁の対面に座り込む。

「平気か？」

「ああ」

篁の肩に両手を置き、軽く膝立ちをした姿勢から、窄みで彼自身を探っていく。

焦らしたわけではないが、篁が自ら手を添えてきた。

「早く来い」

飛鳥馬を求め、急かす声色がたまらない。

全身全霊で欲情されているのが伝わり、飛鳥馬は導かれるまま腰を落とした。

篁のそれが突き刺すようにして、飛鳥馬の中へ、奥へと入り込んでくる。

「深いな」

「うん……。すごく、深い」

限界まで受け入れたところで、二つの身体が一つになる。

それを確かめ合うように口づけ合うと、飛鳥馬は篁の肩を抱き締め、自ら腰を揺らした。

「はあ……っ」

背を、腰を力強く抱き締められて、激しさを増す交わりの中で快美の声を漏らす。

「ぁあっ――っ」

二人の夜は、まだ始まったばかりだ。

濃密な一夜が明けると、飛鳥馬は篁の車で自宅前まで送ってもらった。

徒歩なら多少の距離はあるが、車移動なら五分程度だ。これなら多忙を極める二人でも、互いの家を行き来できる。

その上、飛鳥馬がウサギを連れて篁の部屋に泊まりが可能とあり、今後は仕事の合間の行き来も増えそうだ。

箸《はし》が転がらなくても、自然と顔に笑みが浮かぶ状況だ。

「ありがとう、篁。少し寄っていく?」

「いや、帰れなくなりそうだから」

エントランス前に停められた車内で、別れのひとときを惜しむ。

「これから仕事だもんね」

「お互いにな」

この分では、毎日でも行き来をしてしまいそうだ。

今も目と目が合えば、キスをしてしまう。

「ぷっ」

急な誘いだったこともあり、あり合わせの肩がけバッグにタオルを敷いて入れてきたウサギが、「時間だろう」と言いたげに鳴く。

「わかったよ。うさの助」

この分では、出勤時間まで構ってやらないと、ふて腐れそうだ。

飛鳥馬はバッグの外からポンと撫でて、名残惜しげにナビシートから降りた。

軽くクラクションを鳴らした篁に手を振り、車が見えなくなるまで見送ってから、マンションのエントランスホールへと入っていく。

（あれ？　軽い？）

バッグの重さが気になり、オートロックの中扉前で一瞬立ち止まる。

同時に肩をポンと叩かれて、反射的に振り返る。

「随分羽を伸ばしているようだな。佳久」

「克喬さ……ん!?」

突然姿を現した久我に、飛鳥馬はただ驚いた。

長身から見下ろす仕草は変わらないが、その目は見たこともないほど怒気に満ちている。

「いつまで経っても来ないと思えば、音信不通。しかも、浮気とは。いったい何を考えているんだ、お前は」

だが、代わり映《ば》えのしない言い分にハッとして、飛鳥馬は一度呼吸を整えた。

「何をって――。それはこっちの台詞だよ。あの日、俺はあなたとは別れた、はっきりさよならと言ったはずだ。そして、フリーになったから、新しい恋をした。それの何が浮気なんだよ。そっちこそどうかしてるんじゃないのか？　結婚を進めるために渡ったロンドンから、いちいちメールや電話なんかして。別れたあとにまで――どういうことだよ」

今更何をしにきたのか、逆に問い返す。

「私が愛しているのはお前だけだと言ったはずだ。結婚は形だけのことで、ビジネスだ。相手にだって恋人がいる。桐ヶ谷だって、そう説明したはずだろう」

しかし、久我のマイペースぶりは揺るがない。

それどころか、彼の中では時が止まっているのか、真顔で同じことを言われて、目眩がしそうだ。

「説明されれば納得すると思ってるの？　俺はそんなわけのわからない立場に置かれるのは嫌だし、愛人になる気はない。仕事だって辞める気はないし――、って、そうだよ。どういうつもりなんだ、あの退職届は!!　どこまで勝手なことをすれば気が済むんだ！　事務所にまで迷惑をかけるなんて！」

「は？」

「それは尭喬様ではなく、私が気を利かせました」

「な！　桐ヶ谷さん。あんた、なんの権利があって勝手なことを！」

【何々、なんの話～？】

しかも、久我の背後からは援軍まで現れた⁉

【例の退職届の件でございます】

秘書の桐ヶ谷の他にも、二人の外国人女性が立っている。

年の頃は飛鳥馬と同じくらいだろうか？

Aラインのワンピースに茶髪の巻き毛が可愛い女性と、黒のタイトスーツに真っ直ぐ伸びた金髪が似合う美麗な女性だ。

先に飛鳥馬に向かってニコリと微笑んだのは、桐ヶ谷に問いかけた可愛い女性のほうだ。

【ああ！　それは私が勧めたのよ。仕事がしたければ、こっちにだっていくらでもあるんだから、転職でも退職でもさせてしまえばいいじゃない♪　って。だって、香山のサービスが素晴らしいのは私だって知っているけど、でもそれはあなた自身の技術や素晴らしさでもあって、別に事務所にしがみつく必要はないじゃない。本物に社名や肩書きはいらないでしょう～っ】

「え？」

どうやらフランス人女性らしいが、アニメのヒロインかと思うような軽やかな口調と声で、随分なことを言い放った。

【初めまして、佳久。私はマルティーヌ。あなたと同じというか、いざってときにはあなたの妻役になる立場よ。仲良くしましょう】

「？」

彼女の名はマルティーヌというらしいが、その話は聞けば聞くほど困惑が増す。

【あら、通じない？　確かフランス語は堪能なのよね？　英語のほうがいいなら、英語にするけど】

【――言語の問題じゃない。言ってることの意味がわからない。どうして俺が君と同じ立場になるんだ。君が俺の妻になるんだよ】

今一度呼吸を整え、飛鳥馬が問い返す。

【尭喬。あなた何も説明してないの？】

美麗なほうに口を挟まれ、とうとう飛鳥馬も声を荒《あら》らげる。

【だから、あなたは誰⁉】

【初めまして、佳久。私はグレース。尭喬の妻になるビジネスパートナーよ。そして彼女、マルティーヌは私の恋人。こう言えば、尭喬との結婚があくまでも形式だけのもの。世間体だけのものだってわかるでしょう】

【うふふ。そういうことよ】

――何がそういうことなんだ！

飛鳥馬は形相を変えると、今にも摑みかかりそうな勢いで、久我に怒鳴った。

「わかるわけないだろう、どういうことだよ！」

「聞いたままだ。これでも彼女のような相手を探すのには、そうとう苦労をしたんだ。まあ、桐ケ谷が――だが」

「そういうことを言ってるんじゃない！」

「なら、何が聞きたいんだ。私は一生涯お前を愛し、側に置くために、彼女のようなパートナーを選んだ。彼女だってそれは同じだ。マルティーヌとの関係のために私たちを選んだんだ」

さらっと真顔で、しかも無駄に落ち着きのある顔とボイスでとんちきなことを言われて、鼻息が荒くなる。

【二人で狡～い。長い付き合いになるんだから、内緒話は禁止でしょう！　英語かフランス語にしてよぉ～っ】

だから、こんなときに作り込んだように底抜けに明るい声と口調で話しかけるな！　とも言えない飛鳥馬には、ストレスだけが増す。

別にこの手のアニメ声に恨みも好き嫌いもないが、今だけはＴＰＯに合っていないのだ。

しかも、これを聞いても久我や桐ケ谷は微動だにしない。顔色さえ変えない二人の存在が、更に飛鳥馬の神経を逆撫でる。

【――だから。ビジネス的にも、プライベート的にも、早く結婚しろと周りがうるさい。そんなの私の自由だ、放っといてくれと言ったところで、年々お節介が増えるばかりだ。中には、勝手にお前に会って、身を引かせようとした幹部社員まで現れた。いち早く桐ヶ谷が気付いて、左遷《させん》してくれたからいいものの……。いつ、またそんな輩が現れないとも限らない。そうなると、私も気が気ではない】

マルティーヌの言うことはもっともだと判断してか、久我がフランス語に切り替えた。

【そう。私も尭喬とまったく同じ。本当、誰が誰を好きになって、愛したっていいじゃないよね。けど、あいにく世間が許さないし、干渉するの。私だけならまだしも、マルティーヌまで傷つけられたら、冗談じゃないでしょう。だから、私と同じことで苦労している、共存し合えるカップルが見つかればばって考えたの。結婚さえすれば周りも黙るでしょうし。マルティーヌは賛成して、一緒に相手を探してくれたわよ。周りからとやかく言われるのはお互いにストレスだし、世間が欲する体裁さえ整えてしまえば、問題が解消するんですもの。それに、子供を持ちたくなったら養子を考えればいいことだし、四人で育てる分には、寂しい思いもしないでしょう。むしろ賑やかで楽しい家庭が作れるわ】

見るからに知性派の男女が揃いも揃って何を言ってるんだ⁉ と、飛鳥馬の眉間に皺が寄る。

【佳久だって、説明されれば思い当たることぐらいあるでしょう。中には薄々気付いている人だっているでしょうに――本当！ 結婚、結婚ってうるさいのよぉ。今の時代に、どんなナンセンスなのよね。だから、私はグレースのアイデアに大賛成したわよ。このストレスを共感して、立場を共有してくれるメンズカップルさえいれば、大団円だもの。セッティングしてくれた桐ヶ谷には大感謝よ。私たち四人に、こんな素敵な出会いとハッピーをくれたんだもの】

しかも、トドメがマルティーヌだ。

真剣な話し合いの場が、急に緊張感をなくしてしまう。

（――こいつら馬鹿だろう。いや、ニュアンス的にはアホか？）

飛鳥馬らしからぬ悪態が、躊躇いもなく浮かぶ。

【わかったか、佳久。すべては愛するお前との生活を守るため、一生誰にも四の五の言われずに、愛し合うための契約婚だ。何度もそう説明したはずなのに、こんな馬鹿な真似をして】

それにもかかわらず、久我から言わせると、馬鹿な行動をしたのは飛鳥馬らしい。

【――まあ、そうは言っても、すべては嫉妬が原因よ。いきなり結婚と聞いて、冷静ではいられなかったのでしょう。ねぇ、佳久。勢いだけで別れを告げたり、寂しさを埋めるために新しい恋に走ったり。でも、すべてが尭喬への愛ゆえだもの。そこは彼も理解しているし、私たちだって理解できるわ】

グレースにいたっては、この解釈だ。

確かにあの朝、別れた原因の爪の先ぐらいは、愛ゆえの嫉妬もあったかもしれない。

だが、残りのすべては、飛鳥馬の仕事や独立心に対する無理解の積み重ねに、久我の身勝手さにトドメを刺された形だ。努力さえ続けていけば、いつか自分の欲求を理解し、認めてもらえるはずというわずかな心の拠《よ》り所をなくされて、失望したからだ。

その上、今になって秘書・桐ヶ谷の暗躍と知ることになったのだから、過ぎたこととはいえ可愛さ余って憎さ百倍とはこのことだろう。

自分との関係まで秘書に丸任せだったと知って、飛鳥馬の怒りは一瞬にして沸騰《ふっとう》点を超えた。

スキージャンプなら軽くK点超えの大激怒だ。

【そうよ～。こうして話を聞けば、佳久だって〝ああ、そういうことだったのか～〟って、納得がいったでしょう。わかったら尭喬と仲直りをして、私たちと一緒にロンドンへ行きましょう。あ、どうしてイギリスかっていったら、そこで新ビジネスを立ち上げるためよ。グレースは大手航空&旅行会社の社長令嬢なの。だから尭喬とはビジネスのことでも話が合うし、戦略的にも相性がいいわ。結婚後には新しいツアー会社や結婚式場も立ち上げるんですって】

それでもマルティーヌが何か話すたびに、飛鳥馬は全身から力が抜けた。

彼女のゆるくてふわ～っとした、作り物のような声と口調は、飛鳥馬からすると、全世界から緊張を奪うほどの威力があるのだ。

【ちなみに私は、こう見えてもウエディングプランナーなの。ここにスペシャルサービスマンの佳久が加わったら、最高の結婚式&新婚旅行パックのプランが作れると思うでしょ～う】

そんな彼女が他人様の人生最大のイベントに関わっているのかと思うと、世も末だった。

いや、彼女に担当された新郎なら、いかに新婦が普通に素晴らしいかを、身に沁みてわかるかもしれないが――。

【思わないよ】

飛鳥馬は、自身の中に残った微力を掻き集めて、声を振り絞る。

【どうして？】

【俺はもう、尭裔さんとは別れたんだ。すでに別の恋をしてる。四人でワイワイやりたいなら、俺の代わりに桐ヶ谷さんにでも参加してもらってくれ。ここまで段取りを整えられるなら、最後まで責任を取ってくれるだろう】

彼らの前で、すでに自分が無関係であることだけは主張する。

「佳久」

「とにかく！　俺には新しい恋人がいる。これ以上関わらないでくれ。あなたたちが多数派の価値観を押しつけてくる世間がストレスだというなら、俺にとってはあなたたちがストレスだ。結婚観も違えば、常識も違う。俺をあなたたちと一緒にしないでくれ」

今一度久我に別離を突きつける。

「まだそんな感情的なことを。子供の恋愛じゃないんだぞ」

「感情的で何が悪い！　恋愛に大人も子供もあるもんか」

思えば、彼とこんなふうに言い合うのは、今日が初めてだった。

これまでは飛鳥馬が「ノー」と言うことがなかっただけに、久我も驚いているのが見てわかる。

彼が飛鳥馬を説得するのに、声を荒らげるのもこれが初めてだろう。

それほど二人は、穏やかで甘い関係を続けてきた。

今思えば、お互いに地雷を踏むことを避けていただけなのだろうが、それにしたってここへきて思い知る久我の解釈や価値観は、飛鳥馬には受け入れがたいものばかりだ。

篁との関係を「馬鹿なこと」「浮気だ」と判断されたことも有り得ないが、「それを仕方がないから許してあげるよ」という考え方は、飛鳥馬にとっては理解不能だ。

予約、来店、着席までしてヴィーガンを宣言するより論外だ。

「だが、結婚となれば別物だ。お前にだって親類縁者や近しい友人はいるだろう。誰もが自由恋愛に理解があるわけじゃない。いや、理解がある人間のほうが少ない。マイノリティを好奇の目で見て貶《おとし》め、侮辱する者たちは世間に山ほどいる。私はそういう心ない人間からお前を守りたいから、この結婚を選んだ。愛しているという感情を第一にしたからこそ、理性的な解決を図ったことの何が悪いんだ」

「っ‼」

しかし、久我には久我の信念がある。

それも飛鳥馬への愛ゆえという、未だ不動の信念が――。

「え〜、そうか？　あんたが本当に守りたかったのは、自分じゃないのか？」

すると、グレースの背後から新たな男の声がした。

手にはウサギを抱えている。

「なんだって？」

（……篁！　え⁉　うさの助？）

意味がわからず、肩がけバッグの中を確認するが、底が深いのでファスナーを閉めていなかったのが、災いしたようだ。脱走されていた。

「それも飛鳥馬を囲って、束縛して。いくつになっても言いなりにしようとしたり、甘え続けて。心身ともに癒《い》やされる自分を守りたいだけであって、飛鳥馬自身のことはなおざりだ。まったく尊重《そんちょう》が感じられない。そうでなければ、もっと仕事をしている飛鳥馬を真剣に見てきたはずだ。飛鳥馬が仕事を通して何を求めてきたかにも気づいて、理解できていたはずだろう」

篁が一歩、また一歩近づいてくる。

「どんなに自分が至れり尽くせりで擁護《ようご》してきた恋人であっても、そろそろ三十になろうって男だ。いつまでも日本から出てきたばかりのガキじゃない。しかも、あんたほどではないにしたって、すでに余裕を持って自活できるだけの仕事と稼ぎを得て何年になるんだ？　それを認めずに仕事を辞めろだ、これまでどおりにしていればいいんだって、エゴの固まりじゃないか」

飛鳥馬は篁と再会してから、心の渇きを潤すように、いろんな話を交わしていた。

まだ一週間も経つかどうかという仲ではあるが、空白の十五年を埋めるには充分だった。

ただ、飛鳥馬からすると、この期間は別れた久我を初めて冷静に見られた時期でもあった。

篁に、久我との話も漏らした。

しかし、それを聞いていたからこそ、篁はこの場で久我の発した言葉に驚き、また腹立ちを感じたのだろう。

あんたは飛鳥馬に愛していると言いながら、まるで理解する気がないのか！　と。

「それに、そもそも結婚っていうのは、彼女たちみたいに二人で相談し合って決めるものだろう。それなのに、あんたが結婚の相談をしたのは秘書であって、飛鳥馬じゃない。こんなに連れを馬鹿にした話がどこにあるんだ。しかも、自ら相手を探したわけでもなく、これも秘書に丸投げだ？　どう考えても、あんたが気にするマジョリティだって、そんな馬鹿なって言うやり方だよ。我が儘に飛鳥馬を巻き込むな」

「なんなんだ、貴様は。突然出てきて、失礼も甚《はなは》だしい」

すると、さすがに久我も形相を変えた。

「飛鳥馬の現役の男だよ。そんなの聞かなくてもわかるだろう」

「そういうことを言ってるんじゃない。まずは名を名乗れ」

久我が、飛鳥馬には見せたことのない、テリトリーを死守するような雄の一面を覗かせた。

「篁恭冴だ。飛鳥馬の同窓生にして、同業者だ」

「同業者？」

名前を聞いて目を細める。

桐ヶ谷がすかさず久我に耳打ちをした。

と同時に、マルティーヌもグレースに話しかける。

【グレース。あれ、去年のフレンチチャンピオンじゃない？　確か、モン・シュマン東京のシェフよ。すごいイケメンだから覚えてる】

【マルティーヌ】

【もちろん、私にはグレースが一番よ。ふふっ】

飛鳥馬は、言葉もなく五人のやり取りを見つめ続ける。

「ああ、そうか。お前、〝アンスピラシオン《閃き》〟で見習いをしていた日本人か。佳久には興味を持つな、間違っても好意を抱くなと料理長に釘を刺されたはずなのに、忘れたのか」

（え⁉）

「なんのことかな？　ある起業家の秘書からの言伝《ことづて》らしいってことだけは、覚えてるけど。本当、全部秘書任せって、意味わからねぇ。そいつはあんたのママかよ。もしくはあんたがそいつのロボットなのか⁉」

「篁……。それ、どういう……」

双方から突然明かされた内容に、飛鳥馬は新たな困惑を覚える。

「ぷっぷっ！」

「うさの助」

——と、篁の腕の中で、ウサギが暴れ始めた。

飛び出そうとしたのを押さえるようにして、篁が飛鳥馬の側まで歩み寄ってくる。

「あ、そう。こいつ、いつの間にか袋から出て、後部席へ移動してたんだ。トイレだったみたいで」

「ト……。新車なのに？　ごめん！」

ウサギを受け取り、鞄に入れるも、思いがけない話が続く。

「別にいいよ。我慢しろってほうが無理だし、こいつなりに場所は選んだんだろう。一応、シートじゃなくて、足下に踏ん張ったあとがあったし、見つけたときも気まずそうだった。それに、おかげでここへ引き返すことができたし、俺としてはナイスタイミングだ」

「ぷっぷ～っ」

「だからって……、踏ん張るなよ」

鞄から悪気ない顔を覗かせるウサギに、ふと場が和《なご》む。

【やだ、美味しそう～。それって佳久のラビットなの?!】

【人のペットに美味しそうって言うな！　不謹慎《ふきんしん》だろう!!】

「ぷっぷっ」

一瞬で崩壊したが、それでも久我との対峙には区切りが見えた。篁が飛鳥馬の肩をガッチリと抱く。

その上で、視線を久我へ向ける。

「なんにしたって、飛鳥馬の気持ちが、今はあんたのところにはないんだ。俺が略奪したわけでもないし、別れたから次の人に収まっただけだ。過去の男が馬鹿な理論で元恋人を困らせて、恥を晒すんじゃない」

戸惑いを隠せずにいる飛鳥馬が、篁を、そして久我を見る。

「悔《く》いる気持ちがあるなら、恋人の言葉に耳を傾けず、秘書の言いなりになった自分をまずは責めるんだな」

「――」

久我は飛鳥馬を見ることなく、篁と目を合わせたきりだった。

「行こう。部屋まで送る」

「……篁」

そして、それは篁が背を向けても、変わらない。

「あ、お前たち。これ以上、このあたりをウロウロするようなら、警察を呼ぶからな！」

最後に篁が一言放ったところで、久我たちとのやり取りは完全に終了した。

飛鳥馬は、肩を抱く篁の手に手を添えて、エレベーターフロアへと歩いていった。

6

マンションの一室へ戻ると、篁は時計を見ながら、上司に〝早急の用で一時間ほど遅れます〟とメールを入れた。

「ぷっぷ」

飛鳥馬は午後からの現場ということもあり、ウサギをサークルへ放つとコーヒーを淹れ始める。

篁が長居できないことはわかっていたが、未だ騒ぐ自身の沈静のためもあった。

「ごめんな、言いすぎた。完全に個人的な遺恨が入った」

リビングテーブルにコーヒーを出すと、篁が頭を下げてきた。

「篁は……、尭喬さんのことを知ってたの？　その、俺の恋人が同性だとか、そういうことだけでなく。それが久我尭喬さんだって、初めからわかっていたの？」

告白の流れから、篁が飛鳥馬のパリ時代のことは、それなりに知っているとわかっていた。

また自分からも話はしたので、久我の人物像も伝えていたが、名前は出したことがない。篁も口にしなかった。

「そりゃ――。久我は俺が修業していた三つ星レストラン〝アンスピラシオン〟のスポンサーだ。対外的には料理長がオーナーってことにはなってるけど、事実上のオーナーは久我だ。それも日本人の……。飛鳥馬の連れだという以前に、名前だけは知っていた。だからというわけではないけど、マンデリン・パリで飛鳥馬を見つけて浮き立ったときには、真っ先に先輩が忠告してくれた。円満に修業を続けたかったら、その恋は諦めろ。あの青年はオーナーのものだ。下手に絡んで恨まれでもしたら、このレストランどころか、どこへ行ってもまともな修業ができなくなるって。彼に同伴されて飛鳥馬が店へ来たときには、料理長にまで釘を刺されたかな。よほど俺の気持ちが垂れ流しだったのかもしれないが――、あの秘書は本当に勘がいいんだ」

「……っ、そんな。俺、全然知らなかった。尭喬さんが……というより、桐ヶ谷さんがそんなことをしていたなんて、気付きもしなかったなんて。ごめん……」

飛鳥馬が謝罪するのは変だが、他に言葉が浮かばない。

「いや、飛鳥馬がわからなくて当然だよ。久我自身も知らずにいる話は多いんじゃないのか？　何せ、主の気を煩《わずら》わせないことにかけては、非の打ちどころがない凄腕の秘書だって有名だったからな」

「ぷっぷ」

篁が笑って流すと、ウサギが絶妙なタイミングで相づちを打つ。

新車で――したのを快く許してもらったためか、篁に対するウサギの愛想がとてもよい。

これだけで、飛鳥馬も自然と笑みがこぼれる。

「とはいえ――、ごめん。肝心なところだけ、説明してなくて。けど、さすがに別れたばかりの男の名前は聞きたくないだろうな――っていうか。俺が口にしたくなかったんだ。飛鳥馬が別れたってはっきり言うぐらいだから、もちろん本当だろうって思っていた。ただ、名前を聞いたら、動揺ぐらいはするかもしれないだろう。事情を知っていた俺に、警戒をするかもしれない。それで、この部分だけは飛ばして話したんだ」

飛鳥馬は、同窓会での再会に不思議な縁を感じていたが、じつは篁と深く繋がっていたことが明らかになる。

「そっか……。世の中狭いっていうか、なんていうか……。けど、もともとは狭い業界内の話だもんな。ましてや、俺だって尭喬さんが名だたるホテルや、レストランの株を所有していることは知っていた。モン・シュマンの大株主だってこともわかっていたんだから、篁が知っていても不思議はないよな。けど……。こうなると、この先が少し心配だな」

しかし、知ったら知ったで、今度はこれまでとは違った胸騒ぎが起こった。

「久我がお前を諦めないってこと？」

「そこは俺自身が対峙することだし、復縁はない。四人でハッピーなんて考えられないし、仮に結婚はやめるからって言われたとしても、彼に対して以前のような気持ちがないから」

篁は、単純に彼らとの関係を危惧《きぐ》したようだが、そこははっきりと否定する。

「十年も付き合ったんだから、愛してきたっていう自覚や思い出はある。でも、俺にとっては、すでに篁がくれた心地好さや自由さに敵《かな》うものはないんだ」

「……飛鳥馬」

「俺は、一番認めてほしい自分を認めてくれない男のもとには戻れない。仮に認めたとしても、俺の意見や意思を必要としない男のもとへは戻れないよ。ましてや、秘書以下の存在なんて――、論外だ」

今日になって初めて知った桐ヶ谷の立ち回り、それを当たり前のように許す久我。

飛鳥馬はこれまで以上に残念さを覚えたし、今更自分がどういった位置に置かれていたのかが見えた気がして、衝撃以外の何ものでもなかった。

あそこで篁が〝そいつはあんたのママかよ〟と言ってくれなかったら、もっと落ち込んでいただろう。別れた、関係がなくなったとはいえ、十年の交際だ。

たとえ理性では割りきれたとしても、感情がついていかなかったと思う。

「いつか認めてくれるはず。対等に、隣に置いてくれるはずなんていう期待は、無駄だったし幻想だった。それに気付いてまで、夢や希望が抱けるほど、俺も若くないから」

とはいえ、ここまで桐ヶ谷が動いてくれなければ、飛鳥馬は未だに久我とは普通に付き合っていただろう。

それも、いつか――という、淡い期待を抱きながら。

そう考えれば、秘書がママレベルの世話焼きでよかったのかもしれない。

丸任せの久我はどうかと思うが――。

「ただ――、そうは言っても現実として俺たちと尭喬さんはかなり近い世界の中で生きてる。同業ではないけど、無関係とは言いがたいところに」

「だから、先が少し心配か……。俺の」

それでも飛鳥馬は、篁に本心を明かしすぎたことが失言だったかもしれないと、不安がよぎった。

いやでも久我の影が濃くなってしまったか――と。

「え……、あ。ごめん……。言える立場じゃなかったよな、俺が原因なのに」

「どうして？　誰より意見したり心配できる立場だろう。俺にとっての飛鳥馬は」

しかし、篁は微笑さえ浮かべて言い放つ。

「俺は普通に〝ありがとう〟って思うよ。飛鳥馬が恋人として、同業の同志として心配してくれるなんて、嬉しくて仕方がない。何より、今の飛鳥馬は俺のものだと思えるし、俺も飛鳥馬のものなんだな――と、実感できる」

飛鳥馬が追い求めてきた対等な関係が、理想とした関係が言葉と態度で示される。

「篁……」

これは、篁が飛鳥馬の思いを意識して強調しているわけではない。彼の求める恋人関係が飛鳥馬と同じで対等なものなのだ。

もしくは、そうなれる相手として飛鳥馬を選び、恋をし、告白をしてくれたのだろう。

改めて飛鳥馬は、篁に恋をしてよかったと思う。

（不思議なものだな。お前は何も心配するなと言われて覚える不安があるかと思えば、心配してくれてありがとうと言われて覚える安心があるなんて――）

こんなときだが、飛鳥馬の顔に笑みが戻る。

「ありがとう。そう言ってもらえると、俺も嬉しいし、すごく心強い」

「飛鳥馬」

ただ、微笑み合った二人がコーヒーカップに手を伸ばしたところで、スマートフォンが鳴った。

篁のものだ。

ごめん――どうぞという目配せをしたあと、篁が電話を受ける。

「もしもし、篁です。――はい。え？　本社から？」

その声色《こわいろ》の変化だけで、よくない知らせだと理解できた。

飛鳥馬が思わず、身を乗り出す。

「――わかりました。今からお話を伺いに行きます。ご迷惑をおかけしてすみません」

「篁？」

篁が電話を切ったか切らないかというところで、思わず声をかけてしまう。

すると、篁がスマートフォンをしまいながら、深呼吸をした。

「売った喧嘩を買ってきた。現在、モン・シュマン株の二割を保有する大株主を激怒させるとは何事かと、パリから直で圧をかけられた。ようやく復帰したばかりのマネージャーが混乱してる。こりゃ、辞表持参だな」

「――尭喬さんが⁉」

「本人ならまだ光栄だが、この上秘書の仕業だったら、笑うに笑えない」

「そんな……。いくらなんでも公私混同が過ぎるだろう」

それ以前に、なんて子供じみた仕返しだ。

さすがにそれはないだろう――と、自分のスマートフォンを取り出した。

番号など登録してなくても、そう簡単には忘れることのない久我のナンバーだ。

しかし、それは篁本人から待ったがかかる。

「飛鳥馬は動くな。相手の思う壺《つぼ》だ」

「でも！」

「だから、売った喧嘩って言っただろう。俺は相手が誰だか承知の上であれだけの文句を垂れたんだ。覚悟の上だから、大丈夫だって」

「……篁」

篁は飛鳥馬への気遣いからではなく、素で笑っていた。

国を離れた修業の場。偶然見かけた同窓生に気を惹かれたところで、いきなり近づくなという圧力だ。篁に、飛鳥馬にはわからない反発心があったとしても不思議はない。

「とにかく話を聞いたら、すぐに連絡する。さすがに、飛鳥馬にまでとばっちりがいくとは考えたくないけど、責任は俺が取るから」

だが、そのときはそのときで、今は今だ。

飛鳥馬がスッと手を伸ばして、篁の手の甲に触れた。

「それを言うなら、俺たちだろう」

「飛鳥馬」

「――というか、俺からしたら、久我から喧嘩を売られるのは何度目だって話だ。秘書だか婚約者だか株主だか知らないけど、大概にしてくれってレベルだから」

すると、今度は飛鳥馬のスマートフォンが鳴った。

「あ、聞こえたのかな？　事務所からだ」

「香山配膳から？」

冗談を交えて受けるも、こんなことで事務所に迷惑はかけられない。

万が一にも久我が何かをしかけたのだとしたら――、そんな覚悟を持って、飛鳥馬も電話に出た。

「もしもし、飛鳥馬です」

〝あ、飛鳥馬さん。俺。響一《きょういち》です〟

てっきり中津川か香山直々かと思いきや、かけてきたのは香山社長の甥《おい》・香山響一だった。

実力的には、すでに社長が「自分を超えている」「頼もしい跡継ぎだ」と笑うような青年だが、まだ二十歳を超えて間もない。

しかも、その容姿は〝花嫁より美しい配膳人〟と呼ばれる香山の若い頃と瓜二つで、誰より叔父に憧れてこの道へ進んだサービスのスペシャリストだ。

そして、そんな彼には同じ道へ進む二つ下の次男・響也《きょうや》に、現在幼稚園に通う年の離れた三男・響平《きょうへい》という弟たちがいる。

会うたびに飛鳥馬を自然と笑顔にさせる兄弟であり、社長の一族だ。

「響一くん。――ああ、うん。そう。申し訳ない。そう、つい今し方、ストーカーもどきと揉めたばっかりなんだ。え？　あ、うん――。なら、これからそっちに行くよ。本当に申し訳ない。ごめんね」

とはいえ、そんな響一からの電話内容はといえば、紛れもなく久我のことだった。

「社長の甥っ子の響一くんからだった。今日は、たまたま事務所にいたらしいんだけど、尭喬さんからの電話を受けちゃったみたい」

何も、よりにもよって。せめて専務か社長なら――と、通話を切ると頭を抱える。

「まさか、香山配膳にまで手を回したのか？　飛鳥馬を辞めさせろって脅してきたってことか？」

「いや、俺の連絡先を問い合わせたようだ。マンション前で待機してたら、本当に警察沙汰になりかねないから、それで事務所に――。電話も間違いなく、尭喬さん本人みたいだ。ただ、当然個人情報なので教えられないって断ったそうなんだけど。そしたら、改めて話がしたいから連絡をくれと言伝をされたんだって。だから、それなら双方が事務所へ来て話してほしい。勝手に他人の退職届を出してくるような人間と、うちの登録員を会わせられないって言ったら、向こうが納得したらしい」

しかも、響一は退職届の一件も知っていたようだ。

もしかしたら中津川から聞いていたのかもしれないが、響一が飛鳥馬に電話をかけてきたところで、すでに事情通なのは明白だ。

実力は別として、年下まで巻き込んでいることが、飛鳥馬にはとても情けなく思える。

「それで、飛鳥馬にも来いって？」

「うん。事務所からしたら、俺の自宅や勤め先を知ってる相手だし、この先付きまとわれるっていう最悪の想定までしていたみたい。だから、相手の出方によっては、自分たちも何か力になるからって」

それにしても、事務所の対応が素晴らしい。

飛鳥馬はあれ以来「特に何もないです」「大丈夫です」という報告しかしていなかったのだが、事務所のほうは危惧をし、万が一また何かをしてきたら――という前提で相談をしていたのかもしれない。感謝してもしきれない雇い主だ。

ただ、それだけに、飛鳥馬はグッと奥歯を噛み締める。

「完全に犯罪者予備軍扱いだな」

「そこは俺の説明が悪かったんだ。ここまで引きずると思っていなかったから、知人とのトラブルで……としか説明してなくて。最初はストーカーと勘違いをされた。ただ、篁の様子を見る限り、事務所に変な圧力をかけられる前に片をつけなきゃとは思うから、場を設けてもらって丁度よかったよ」

「——飛鳥馬、お前」

「俺だってこんな情けない理由では、辞めたくない。けど、篁ならわかるだろう」

事務所で久我と会うにあたって、覚悟も決めた。

「狭い業界内だもんな」

「そういうこと」

久我と別れてから、そろそろひと月半近いだろうか？

仕事を辞めたくないのが一番の理由で別れたはずなのに、巡りに巡って辞職の覚悟をさせられる。

本当ならば、笑うに笑えない状態だ。とてもではないが冷静ではいられないだろうと思う。

それなのに、飛鳥馬は今、不思議なくらい笑顔だった。

「いっそ、二人で店でもやるか。一日ひと組限定の隠れフレンチ店とか」

「それ、いいね。秘密基地みたいな会員制とかでもいいかも。一見さんお断りの、素性が確かな人しか近づけない！　みたいな」

篁も同じく、笑っていた。

お互いがこれだから、余計に笑えてしまえるのもあるだろう。

「一人じゃ絶対に笑えない状況で笑えるって、そうとう最高だな」

「お互い尊敬し合える作り手と接客係って組み合わせもある」

二人はどちらからともなく立ち上がり、手と手をパンと合わせた。

「よし。行くか」

「――決戦だ」

飛鳥馬のマンションから篁はモン・シュマンへ、そして飛鳥馬自身は香山配膳へ、それぞれが心血を注いできた職場へと向かった。


香山配膳の事務所は、北品川の駅前マンションの一室に設けられていた。

わざわざ車を出すよりは、電車と徒歩のほうが楽に行ける場所だ。飛鳥馬はそのまま本日の派遣先へ出向くつもりで、着替え一式を詰めたバッグを手に、事務所を訪ねる。

〝はい！〟

インターホンから聞こえてきたのは、響一の声だった。

「このたびはすみません。飛鳥馬です」

〝はーい！　今開けるね〟

3LDKのマンションのLDをメインにした事務所には、カレンダーとは無関係で、常に二人から五人の社員が出勤している。

中でもほぼ常勤しているのが、香山を含む全登録員のスケジュールを管理している専務の中津川。社長を筆頭に、他の社員たちも事務と派遣を兼任しているので、今日も誰が出勤しているのかはわからなかった。

ただ、こうして響一が顔を出していることを考えると、飛鳥馬は中津川と香山の二人が揃っているのだろうと考えた。

飛鳥馬が知る限り、そのパターンが一番多かったからだ。

「わざわざ来てもらって、ごめんね。話は概《おおむ》ね相手から聞いたよ。最初は、いったいどこのセレブが飛鳥馬さんのこと気に入っちゃったんだろう――なんて思ってたんだ。まさか元彼だとは思わなかったけど」

「お恥ずかしい限りで」

扉が開かれ、中へ入ると、玄関で靴からスリッパに履《は》き替える。

飛鳥馬の靴の他には、サイズこそ違えど上質な革靴三足が、きちんと揃えて並べられていた。

やはり、奥には香山と中津川がいるのだろう。昼食にはまだ早いので、他の社員は午後からかな？　と、飛鳥馬は思った。

「どうして？　いろいろ恥ずかしいのは、向こうでしょう。俺たちは飛鳥馬さんの考えと同じだから、いきなり彼氏が偽装結婚とか言い始めたら、その場でさよならだよ。仕事で関わる以外は口利くなって状態になるし、それだって意図して会わないって決める。うん。まんま飛鳥馬さんと同じ展開になるんじゃないかな――。さすがにそんなことをする相手を選んだ覚えはないけど」

（――誰に何をどこまで話したんだよ⁉　尭喬さんは！）

そこそこ年の離れた響一からフォローをされてしまい、飛鳥馬としては立つ瀬がなかった。

引きつりそうな顔を伏せつつ、飛鳥馬は響一のあとをついて歩く。

ＬＤに続く、ちょっとした廊下を進む。

「あ！　ごめん。飛鳥馬さんだって、同じだよね。まさかの展開だもんね。さっき響也とも話してたんだ」

「響也くん？」

しかも、更に年下の弟の名まで出てきたところで、ガラス扉の奥から声が聞こえた。

「――ってかさ。何その半端なセレブ。真のセレブって、自分の恋人やパートナーが同性であっても、だから何って。俺が選んだ相手に何か文句あるの？　あるわけないよね――って、ひと睨みで周りを黙らせるものなんじゃないの？　それをダブルカップルで偽装婚とか、世間体を気にしなきゃいけないようなレベルで、セレブを名乗るのやめてほしいんだけど」

軽快な口調で誰に何を話しているのか、飛鳥馬の背筋がぞくりと震える。

だが、こうなると玄関で確認してきた靴と数が合わない？

「え？　響也くんの声？　今日は社長と専務がいるんじゃなかったの？」

「あ、叔父貴たちは午後出勤。でも、せっかく俺たちが留守番を頼まれてたときに電話くれたし、接客しないと悪いかなと思って」

「それ、違うでしょう。駄目だよ、こんなややこしいことに関わっちゃ」

どうやらあの三足は、響一、響也、そして久我のものだったらしい。

しかし、だとしたら秘書の桐ヶ谷はどこに⁉

まさか久我が一人で行動しているのか？　と、余計な困惑まで起こってくる。

「だって、俺たちも経営者一族だから。率先して自社の登録員は守らなきゃ！　って」

「……響一くん」

とはいえ、いつにも増して笑顔が目映《まばゆ》い――妙に落ち着いた響一がガラス扉を開くと、飛鳥馬の目には、応接セットのソファから立つ久我の姿が飛び込んできた。

「君のような子供に何がわかるんだ！」

「だから、俺はまだ子供かもしれないけど、彼氏はアメリカの不動産王だよ。代替わりのお披露目パーティーでは、先代のトップと一緒になって、俺をパートナーだって堂々とゲストに紹介してくれた。あなたも投資家だ、資産家だっていうなら、名前ぐらいは知ってるよね？　大富豪、アルフレッド・アダムス。俺の彼氏だから」

こめかみを引きつらせる久我相手に、響也はまったくいつもと変わらなかった。

対面にどっかりと腰を下ろしたまま、やんちゃで素直な笑顔で言いたい放題だ。

もちろん、接客ではまずこんなことはしないので、この時点で久我を客とは見ていないことがひと目でわかる。

「それに、兄貴の恋人の圏崎《けんざき》氏だって、一代でベルベット・ホテルグループを築き上げた若きホテル王だけど、恋人が同性だなんて隠してないよ。いつでも、どこでも、ラブラブだ。ちなみにセレブでもないうちの叔父貴だって、専務との関係を隠したことなんて一度もないし、そろそろ銀婚式でもおかしくないいんじゃない？　ってほどのパートナー歴だけど、立派にうちの二代目社長だ。それこそ未だに〝ワインを注いでくれないかな～〟って目的だけで指名して、大金積んでくるアラブの石油王とか国家元首とかもいる。何よりホテル業界でトップと呼ばれる人たちからの信頼も厚いし――。これって、ただ投資してお金を転がしてるってだけの人と、経営者として人材をも動かしてる人とは、人望が違うの？　あ、偽装結婚とか普通に考えるような人に、そもそも人望があるわけないいや。ごめんごめん！」

それにしても悪気なく見える笑顔で、響也は毒舌全開だ。

飛鳥馬はここまで顔を引きつらせる久我を、初めて見た。

（響也くんっっっ！）

「うわっ。あいつ、揚げ足取りの天才だな」

響一は笑っていたが、飛鳥馬はこの時点で顔が真っ青だ。

だが、飛鳥馬でさえ血の気が下がる状況なのだから、面と向かって「人望がない」と言われた久我は激怒なんてものではない。

完全に頭に血が上ったのか、真っ赤な顔で声を荒らげた。

「何がごめんだ、ふざけるな！　勝手に私を誰かと比べるな！　肩書き以前に、それぞれ立場や重んじるべきものがあるんだ。セレブであろうとなかろうと、常識が違う奴と比べられたって話になるか」

しかし、香山兄弟からの久我への追撃は、止まることがない。

中へ足を踏み入れると同時に、今度は響一が言い放つ。

「なら、もう諦めたらどうですか。飛鳥馬さんとあなたでは、常識が違うんですよ。価値観も違うし、これまで上手くいってきたのは、おそらく飛鳥馬さんの我慢の上に成り立ってただけのこと。そんなのたとえ親兄弟の関係だって、いずれは崩壊します。赤の他人と死ぬまで上手くいくなんて、どんな幻想なんですか」

それも静かに淡々と――。

これには久我も押し黙る。

だが、響一の加勢を受けた響也が、更にここからたたみ込む。

「――ってかさ。十年も彼氏彼氏で連れ添ってきたら、普通は知る人ぞ知るだよね？　暗黙の了解で理解してくれてた人もいると思うんだけど――。久我さんの偽装結婚って、そういう理解者をも裏切る行為だってわからないの？　変な話だけど、もしもこれを叔父貴がやったら、俺たちは〝は⁉〟ってなるよ。多分、うちのスタッフや仕事関係者だって、何してるんだってなる。しかも、理由が世間体なんて言われたら、どこの世間だよ！　って、間違いなく激怒だ。俺たちが認めて応援してきた関係を本人に否定された気がして、なんなんだよってことになると思うんだけど」

育った環境や性格の差とはいえ、二十歳そこそこの頃の飛鳥馬には、とても言えない台詞だった。

むしろ、今の響也のほうが、見た目が幼い。響一と比べても、当時の飛鳥馬のほうが大人びていた気がするが、それだけに久我の衝撃は大きいだろう。

子供に説教をされている感が、半端ないのだから。

「そういうのは世間とは言わない。自分のことを数少ないデータだけで判断する人間たちが、山のようにいるんだ。私が危惧したのは、そういう一般的な世間のことであって、友人知人のことを言っているわけではない。それに誰もが理解ある家族を持っているとは限らない。君たちは理解し合える家族だからそういうことをさらっと言うのであって、世の中にはそうもいかない家族親族に悩まされる者だっているんだ」

「え？　アルフレッドは、そういう先代を説得してくれたよ」

ただ、こうなると響也たちの見た目や年は関係ない。

確かにこの兄弟にも同性の恋人がいた。

それも飛鳥馬でもわかるぐらい桁違いな富豪だ。特に響也の彼氏、アルフレッドが継いだアダムス家は、米国開拓時代からの不動産王。長者番付に君臨し続けるアメリカンドリームの覇者であり、同じ億万長者でも、おそらく久我とは桁が違う大富豪なのだ。

「だから！　説得できた君の恋人がラッキーなだけだ」

「なら、飛鳥馬さんはアンラッキーだったんだね。別れて正解じゃん」

「なんだって」

「兗喬さん、もう、いい加減にしてよ」

とはいえ、このやり取りはなんなのだろうか？

さすがに見ていられなくて、飛鳥馬も声を発していた。

久我を庇う気もなければ、一緒になって追い込む気もない。だが、正直な感情に任せるならば、響一たちを相手にむきになる久我に腹が立ったのだ。

「――佳久」

「だいたい、なんなの。今日初めて会った響一くん響也くんとは、ここまで突っ込んで話すのに。なんで俺とのことは秘書任せなんだよ」

嫉妬と取られかねない発言だったが、飛鳥馬もどうして今更それを言うのか、自分でよくわからなかった。

「それを言うなら、お前だって何も言ってこなかっただろう。お互い理解し、わかり合えていたから、喧嘩もなくきたんじゃないのか⁉」

もしかしたら、久我も似たり寄ったりで、自分ではよくわからない感情に流されているのかもしれない。

それぐらい、今日の彼は見たことがないほど感情的だ。こんなに起伏があったのか？　と、飛鳥馬が驚くぐらいだ。

「でも、その理解が崩壊したんだから、仕方がないだろう。俺はあなたや桐ヶ谷さんが、そんな結婚を決めるなんて思ったこともなかった。逆にあなたは、自分が決めたことを断る俺なんて想像もしなかった。相手が自分のイメージどおりに信じていたうちは愛し合えたかもしれないけど、そうじゃないってわかったんだから、どうしようもないじゃないか」

「それならお前と式を挙げれば満足だったのか！」

「誰もそんなことは言ってないだろう」

「なら、お前だっていざ私にプロポーズをされて、結婚披露宴をするぞと言われたら、心から喜んだのか？　そこまでしなくていいって言うんじゃないのか⁉」

「は？」

――よもやこんな話を、真面目にする日がこようとは。

これを売り言葉に買い言葉というのは違うだろう。しかし、飛鳥馬は思ってもみなかったことを聞かれて口ごもる。

〝佳久。そろそろ結婚するぞ。式と披露宴はどこでやる？〟

〝え？〟

久我にさらっとそう言われたシーンを想像してみた。

それこそあの日、別れた朝の偽装結婚話がプロポーズだったとして、飛鳥馬にはポカンとする自分しか想像がつかない。

なぜなら、飛鳥馬がずっと目指してきたのは久我との対等な関係であり、独立した自分を認めてもらうことだ。これまで以上に庇護されかねない結婚など、考えられるはずがない。

そもそも結婚という単語さえ思い浮かべたことがなかったのに。そこへ桐ヶ谷が出てきて「では、私が手配いたしましょうか」「なら、頼む」となったら、間違いなく「いや、ちょっと待って」と止めるだろう。

少なくとも考える時間ぐらいはほしいと要求し、二つ返事で「本当！　嬉しい」とは言わない自信もある。

いきなり言われても困惑するだけの内容だからだ。

飛鳥馬は何やら頭が痛くなってきた。

「そらみろ。あえてそこまでする必要ないとか、わざわざ私との関係を知られたくないとか言うだろう。それが証拠に、私が説明するまで彼らだって二人の関係は知らなかったし、そもそもお前から友人知人を紹介されたこともない。自分でも自慢できる関係じゃないって気持ちがあったから、誰にも言わなかった。いや、言えなかったんじゃないのか！」

まるで偽装結婚を決めたのが久我の都合だけではなく、飛鳥馬の言動にも原因があったような言われ方だった。

「……それは。今になって聞かれたって、わからないよ」

「わからないだと？」

「そうだよ。身近で関係を知ってる人間は、あなたの顔色を気にして、俺にはそんな話はしない。せいぜい桐ヶ谷さんがデート時間の変更を伝えてくるぐらいだ。それに、仕事仲間や友人知人にしたって、聞かれなければ自分の恋の話なんてしない。それより仕事の話で盛り上がることのほうが多いから、自然とそっちの話が中心になってきた。でも、それだけのことだ」

いずれにしても今更という話だが、ここは飛鳥馬なりに誠心誠意考えながら答える。

今の話だけを聞くと、まるで久我が飛鳥馬の友人知人に恋人として紹介してほしかったように聞こえるが、そんなそぶりは一度として見た覚えがない。

そもそも久我と出会ったパリ時代の飛鳥馬には、仕事仲間はいてもプライベートを一緒に過ごすような友人知人はいなかったし、住居と仕事の場を東京に移してからもそれは同じだ。

むしろ飛鳥馬は、仕事に関わる時間以外は、すべて久我との交際に使ってきたと思う。

このあたりからして、すでに久我とは感覚が違っていたのだろうが、一番大きな問題点は飛鳥馬が誰かに「じつはこの人が俺の彼氏です」と紹介したり、またはするという発想そのものがなかったことだ。

何せ、交際当初から立場や扱いが対等ではなかった。周囲の一部からはスポンサーと愛人のようにも見られていたという意識が非常に強いため、まずは対等な恋人として、また自立している恋人として久我自身に認めてもらうことが、飛鳥馬にとっては最優先だった。

それを満たしていない状態で、二人の関係を誰かに明かすなどという考えは、思いつきもしなかったし、自慢以前の問題だったのだ。

「こういったらあれだけど――。誰も彼もが浮いた話をするわけじゃない。そんな話をするから人間関係が濃いとか、そういうことでもない。今だって、それは響一くんたちが証明してくれている。たった今知ったことに対して、こんなに真摯に応えて、俺の味方をしてくれているだろう」

ただ、こうした飛鳥馬の、自分を認めてほしいという願望や態度を、久我がどう見ていたのかはわからない。

仮にこれらすべてを引っくるめて、二人のためを思った偽装結婚計画だったとしても、飛鳥馬には解決の方向が違いすぎて理解が追いつかない。

これなら響一たちが言うことのほうが、よほど共感や納得ができる。

「そりゃあ、本人たちが彼氏持ちなら否定はしないだろう。仲間意識も加わり、お前の味方をしても不思議はない。しかし、彼らがどんなに世間には秘密にしていない、周りも知っていると言ったところで、それならどうして正々堂々と結婚式でも披露宴でもしないんだ。アダムスと圏崎と言われれば、俺だってプロフィールくらいは知っている。二人とも公では未婚の独身だ。だが、そこは彼らの良識として恋人どまりなり、内縁扱いでいこうしているからじゃないのか？　だいたい、ここの社長と専務がいい例だ。長年パートナーシップを取りながら、その関係を正式に披露目ていないのは、公に差し障りがあるってわかっているからだろう。それが世間体ってものなんじゃないのか！」

もっとも、ここで久我が言わんとすることも、わからなくはなかった。

飛鳥馬もパリでは好奇の目に晒された経験を持っている。

久我の囲われ者だと勝手に決めつけられたものだが、それが正式なパートナーの肩書きになったとしても、何が変わるのか？

自問したところで、大差はないだろうという答えしか浮かばない。

だが、そんな思いから飛鳥馬が目を伏せかけたときだった。

「え〜。だったら今更だけど、叔父貴と専務が婚姻関係を公表したら、久我さんは二人が世間体を気にして行事をすっ飛ばしたわけじゃないって納得するの？　だったらやるよ。俺、二人の盛大な結婚披露宴」

「――っ⁉　何言い出すんだよ、響也くん」

さも当然に、あっけらかんと言われて、飛鳥馬のほうが慌ててしまった。

「だって。こういうわからず屋というか、視野の狭い人には、口で説明してもわからないよ。みんながノリノリで披露宴をやったり、お祝いしたりするのを目の当たりにしなかったら、世間体と人望の有無は別物だって納得しないと思うんだ。ね、兄貴」

飛鳥馬の驚愕を余所《よそ》に、響也は顔色一つ変えることがない。

しかも、話を振られた響一がさすがに止めてくれるのかと思いきや――。

「まあ。これをやるとなったら、お祭り騒ぎになるだろうけどね。特に、久我さんが株を保有しているような組織のトップや幹部に限って、大はしゃぎで参加だろうし。でも、確かにここでとやかく言うよりは、実例を見せたほうがわかりやすいって気はしてきたから、いいよ。俺も、賛成。やろう、叔父貴と専務の今更結婚披露宴」

屈託のない笑顔で、前代未聞かと思うようなことを決定した。

それも、当事者たちを完全に蚊帳《かや》の外でだ。

「響一くんまで！　そんなの、社長たちが了承するはずがないだろう」

飛鳥馬は、もはや久我を気にするどころではなくなった。

ちょっと考えただけでも、冗談じゃない案件だ。

家族だけでやるにしても、本人たちがやりたいと思っているのか否かわからない宴を、話の流れから判断するなら、取引先の重役たちをも巻き込んで盛大にやろうというのだ。

ここで止めなければ香山や中津川に合わせる顔がない。

そもそも盛大の規模さえ、飛鳥馬には見当がつかないのに――。

「だから、サプライズ。本人たちには当日まで内緒ってことで」

「いや、それは普通の披露宴でも、やったら駄目なパターンでしょう。十中八九トラブルのもとだから、サプライズは！」

しかし、「やる」と決めたからには、あとへは引かない響一、響也。飛鳥馬には「平気、平気」と笑い飛ばしてから、今一度久我のほうへ視線を向けた。

「――あ、久我さん。サプライズだからといって、それみろ本人たちは公にしたくないんだろ、なんて誤解はしないでくださいね。正直言って、うちの叔父貴たちは、学生時代から数えきれないほど結婚披露宴を仕事でこなしてきてるんで、この辺は一般的な価値観とは違います。俺たちだって、結婚式や披露宴に憧れるなんて乙女チックな部分は持ち合わせてないし。正直言って、大安の週末に家でゴロゴロしてる以上の至福がどこにあるって思ってますので」

響一は、まったく取り乱す様子もなければ、笑みを浮かべる余裕さえ見せていた。

久我が黙って話を聞くだけではなく、奥歯を噛み締めているような気がするのは、錯覚だろうか？

飛鳥馬は、響一と対峙する久我をじっと見つめた。

「あと、これだけは予告しますが、叔父貴の今更披露宴を見たら、偽装結婚より前向きな方法があったんだってことに気がつくと思います。というか、これは俺個人の推測ですけど、飛鳥馬さんは久我さんが結婚したい、披露宴もして、正々堂々と生涯をともに生きたいって言えば、喜んで――までは言わなくても。まあ、悩んだ結果腹を据えて、イエスと言ってくれた気がしますよ」

（――!?）

ただ、響一の話がいきなり自分に逸れてきたことに、飛鳥馬はドキリとした。

これは彼が、別れ話に至った理由を偽装結婚のみだと思い込んでいるからだろうが、本当の理由はそこではない。

論点がぶれてしまったとわかる飛鳥馬からすると、答えようがなくて困る。

久我が反応を確かめるように飛鳥馬を見てきたが、反射的に視線を逸らすことしかできない。

何をどうしたところで、篁に思いが移った飛鳥馬にとっては、今更の話でしかない。

「仮に、世間に叩かれるぞとか、嫌な思いもするかもしれないぞっていう覚悟を求められたとしても、それが励みになるタイプです。こう見えて、けっこう負けん気が強いですから。飛鳥馬さん」

しかし、逸らした視線の先では、響一がニコリ。

そこからまた逸らしたところで、今度は響也がへへっと笑う。

飛鳥馬は逃れようもない気がして、今一度久我のほうへ視線を戻した。

「ただ、ぶっちゃけ、うちはそれぐらい神経が図太いとか、ポジティブ体質じゃないと務まらない会社だし、叔父貴も採用しないと思うんですよね。だから、その秘書さんが気を利かせて偽装結婚をお膳立てしたっていうのも、本当は飛鳥馬さんがどうこうより、繊細《せんさい》で打たれ弱そうな久我さんのフォローのためなんじゃないのかな？」

「――!!」

すると、タイミングを計ったように、久我のほうがトドメを刺されていた。

（うわっ。響一くん！）

「うん。俺もそんな気がする！　本当の唯我独尊のセレブって、こんなふうに順序立てないもん。いきなりジャンボジェットチャーターして拉致《らち》ったりするのがデフォな傍若無人《ぼうじやくぶじん》！」

一瞬言い返そうとしていた久我だが、続けざまに投下された響也の言葉が強烈すぎてか、呼吸と一緒に言葉を呑む。

「――だよな。叔父貴なんて若い頃とはいえ仕事帰りに攫《さら》われて、目が覚めたら砂漠の宮殿だったとかあるし。そう考えたら、こっそり退職届とか。真面目に手続き踏んでるほうだしね」

「うん。そもそも別れて一ヶ月もメールと電話だけで早く来いとか待ってるだけとか、めっちゃ辛抱強いし性格超受け身！　俺、三日も待てないで行動するセレブしか見たことがないから、天然記念物もののセレブだと思う！」

当然その後も言葉はなく、久我は「こいつらはなんなんだ！」と言わんばかりに飛鳥馬を睨んできたが、そんなものは自業自得だ。ここへ電話をかけたのも、わざわざ足を運んだのも久我本人なのだから、飛鳥馬の知ったことではない。

言えるものならそう言いたいが、それさえ口ごもるほど、響一と響也は容赦がなかった。

（響一くん、響也くん。セレブと傍若無人の基準が、一般人とは違いすぎだよ。というか、香山社長。そんな目に遭ったことがあるんだ。話には聞いたことがあったけど、都市伝説じゃなかったんだ。目が覚めたら砂漠って……）

飛鳥馬は自分のことでここまで来たはずだったが、どこからか話が他人事になってきたような気がしてならなかった。

それにも増して、香山と中津川の今更結婚披露宴がどういうものなのか、いまいち想像がつかなくて、頭を抱えることになった。

＊＊＊

一日の予定を終えたのち、飛鳥馬は再び自宅マンションで篁と合流をした。

「ぷっぷっ」

新車をトイレにしたのを許してもらったためか、ウサギはすっかり篁に懐いている。

リビングのソファベッドに二人が隣り合うも、今夜は篁の膝の上でゴロゴロ。背中を撫でられてご機嫌だ。

「それでいきなり〝今更結婚披露宴〟なのかよ。それも、サプライズでって……。なんかスケールが違う以前に、発想そのものが違ってて、俺じゃあ理解が追いつかないよ」

飛鳥馬は、日中のことを篁に説明するにあたり、少しでも冷静に。また、話を整理整頓しようと試みるも、結果はありのままを順序だって報告する以外に術がなかった。

「――うん。俺も。なんていうか、尭喬さんが無抵抗のまま黙ったところで、桐ヶ谷さんがメンタルフォローしてきたって、図星だったろうなって。あのとき桐ヶ谷さんが勝手に俺の退職届を出したってことには、彼自身も一瞬驚いたふうだったから。それを大したことないとか、手順を踏んでるって笑われたのも衝撃的だったかもしれない」

「俺なら性格的と前置きされても、受け身って言われたのが一番効くとは思うけどな」

「あ……。かもしれない。何だかんだ言っても、別れてから現れるまでに一ヶ月半は経っていたから。ただ、尭喬さん自身は、これでも俺の自主性を考慮し、優先した結果の待機だとは、言い訳してたけどね」

「ぷっぷ」

話の行き先が想定外すぎて、成り行きがよくわからなくなっているのは、篁も飛鳥馬と変わりがない。こうなると、一番理解しやすかった部分が久我自身の衝撃具合だとなり、篁も溜息交じりで苦笑している。

とはいえ、問題は山積みだ。

「それより、ごめん。お店に辞表出すはめになって……。結局俺は、今日の段階では辞めるとかそういう話にはならなかった。けど、明日には俺も辞めるから」

飛鳥馬は、極秘スタートした今更結婚披露宴が決まったところで、果たして退職していいものなのかを悩んだが、気持ちだけは固めていた。

ああは言っても、この先久我が会社に迷惑をかけないとも限らない。何より篁だけを犠牲にする気も、毛頭なかったからだ。

「それはもうしばらく様子を見たほうがいいんじゃないのか。俺だって、明日から新しい店を開きますとかできないし」

しかし、これに関しては、篁が待ったをかけてきた。

「それに、退職は表明したけど、じつはマネージャーのところで止められてる。支配人も個人的にパリ本社と掛け合ってるから、早まるなって言うし……。なんでも、この前来店した重役も、いくら相手が大株主でも、人事にまで口を挟ませるのはどうなんだ。持ち株的にはそこまでの権限はないって息巻いてくれてるらしいからさ。――けど、まあ、そうだよな。店内で客と揉めたわけじゃないし、完全に公私混同の痴話喧嘩だ。面倒だから、マネージャーたちには、元彼と今彼の大喧嘩だって正直に説明したら、唖然とされたよ。むしろ、俺より飛鳥馬のほうが気の毒だって同情してたた」

飛鳥馬同様、篁も辞める気満々で出社しただけに、何か気恥ずかしそうだった。

だが、飛鳥馬からすれば、胸を撫で下ろすばかりの話だ。どさくさに紛れてすごいカミングアウトをしてきたようだが、さして驚きを感じなくなっている。

響一たちから受けた衝撃が強すぎて、完全に麻痺《まひ》しているのもあるだろうが——。

「そうだったのか。ならよかった。俺のことはともかく、ちゃんと周りが庇ってくれて。それだけでも、なんだかホッとした。響一くんたちの話じゃないけど、これこそ篁の人望であり、人徳だよね」

久我には悪いが、これればかりは篁が積み重ねてきた努力の結果だと、飛鳥馬は思った。

仮に交渉後、篁がモン・シュマンを退くことになったとしても、個人的な縁は守られる。関係は続くだろうと感じたからだ。

「俺はともかく、できた上司や同僚は多いと思うな。ただ、どこから話を聞きつけてきたのか、あのヴィーガン氏からも連絡がきたんだよ。まあ、重役経由だろうけど」

「ヴィーガン氏って、あの重役さんが連れてきた友人の？」

しかも、ここへきて意外な人物まで浮上した。

「そう。モン・シュマン東京を辞めるならパリへ来て、ヴィーガンフレンチの店を出さないかって。自分が有志を集めて出資するから、身体一つでくれればいい。そうだ！　なんなら、あの日接客してくれた飛鳥馬くんも誘ってみたらどうだ？　二人で最高の店がオープンできるぞって。勝手に物件探しそうな勢いだったから、早まらないでくださいって返事をしたけどね」

「……なんだが、知らないうちに、桁外れな人物に囲まれてない？」

この機にお抱えシェフでも囲い込みそうな勢いだが、よほど篁の腕が気に入ったのだろう。

飛鳥馬まで一緒に――というところで、疑心暗鬼になりそうだが、これなら篁が独立することになっても、協力者はそれなりにいそうだ。

もっとも、それがわかっているから、モン・シュマン側も抵抗しているのだろうが……。

「もとから客のセレブ率が高かったからな。それでも、香山社長の取り巻きの話を聞いたら、全部マシだと思えるが」

「確かに」

――と、ここで飛鳥馬のスマートフォンにメールが届いた。

二人ともテーブルに出していたため、飛鳥馬はすぐに手に取った。

「あ、響一くんからだ。今更披露宴の予定と参加者がだいたい決まったって」

「早いな」

「彼らのアドレス帳は、事務所のパソコンデータに負けないからね。すぐに、それぞれの彼氏や仲のいいホテル関係者に相談しなきゃとも言ってたから」

これはこれでドキドキしながら、飛鳥馬は本文を確認していく。

隣にいても、覗き込むことはしない篁にもわかるよう、要点のみを読み上げる。

「――日程は一ヶ月ちょい先、十月初めの土曜日。仏滅で空いていたマンデリン東京の大広間提供で、来賓は契約ホテルの幹部、役職が各五名から十名が参加表明で、今のところ五百名？　もっと増える可能性もあるが、みんなで祝福の証明ってこともあって、基本は総額予算に応じた会費制で、ご祝儀はなし。当日のフロアスタッフは香山配膳登録員で担当、専務には内緒でその日の派遣先のスケジュールを各自で調整。派遣先幹部が当日参加だから、ここはどうにでもなるらしい。というか、どうにかするのが披露宴参加の絶対条件って……、すごいな響一くん。俺からしたら、セレブたちの横暴なんて目じゃないよ。これ」

次第に語尾が震えるような内容に、篁も顔が引きつってくる。

マンデリン東京の披露宴予算の詳細は知らないが、モン・シュマンと大差ないと考えた場合、最低でもコース料理が三万円からだ。当然そこに通常の会場設備費やら人件費等が乗るのだろうから、その総額予算を来賓で割るとしても、一人五万円は下らない計算だ。

それが現時点で五百名となれば、これだけで二千五百万円の披露宴だ。

しかも、参加表明者が五つ星ランクのホテルの幹部、役職揃いとなれば、更に高額な設定になる可能性は否めない。祝儀なしの会費制となったら、ここで出し惜しみはしないだろうと想像したら、背筋まで震える。

「もはや祭りのレベルでもないな。この規模をサプライズって、当人たちにバレずにできるものなのか？」

ついつい計算してしまった篁の顔色が、ますます悪くなった。

「そこは極秘で進行って言いきってる。ただ、そのためにも、この披露宴に関しての総料理長は、社長たちとは面識のない篁に任せたい……って。今日でモン・シュマンを退職、失業するなら次の仕事が決まるまで、これで稼いでくれたら丁度いいだろうし。事情が事情だから、向こうのシェフたちも一丸となって協力するし、キッチンも提供する。思いがけないところでフレンチチャンピオンと一緒に仕事ができて嬉しいって。ただし、のちのちこちらのキッチン同士で揉めないために、コースは和洋中の折衷《せっちゅう》で見せ場をよろしく。ちなみにサービスの陣頭指揮は――、俺に任せる⁉ 明日から二人でマンデリン東京へ出向いて打ち合わせをよろしく⁉ プランや司会者、引き出物的な記念品なんかはこっちで決めるから――だって」

「……？ なんの話だ」

しかも、香山や中津川に会ったこともない篁が、どうしてか渦中のど真ん中に置かれている。

「だから、全体の進行や今更披露宴自体のプランは響一くんたちで練る代わりに、一本三時間設定の披露宴用のスペシャル折衷フルコースの段取り・作る・配るは俺たちで相談、取り決めをよろしくってことみたい」

「いや、俺は退職も失業まだしてな……っ⁉」

飛鳥馬もかなり困惑気味だが、それでも篁ほどではないだろう。

そんな見ず知らずのアウェイなキッチンで、こんな一世一代の披露宴の総料理長をなんて、正気の沙汰とは思えない。

だが、そんな篁の心情を察するかのように、今度は彼のスマートフォンにメールが届いた。

呪いのチェーンメールやウィルス添付より開くのを躊躇うメールは、篁もこれが初めてだ。

「――何？　誰から？」

「うちのマネージャー。どうやら支配人のほうに、マンデリン時代の同僚から根回しがきたらしい。今更披露宴が無事に終わるまでは、モン・シュマンからマンデリン東京にキッチン留学という形を取るって。その間に本社とは掛け合っておくし、今俺に退職をされたら他社から声がかかるのは目に見えてるし、パリで店を持つのはまだ先に延ばしてほしいとまで言ってきた」

これは八方塞がりというのだろうか？

ほぼ同じ囲いの中に飛鳥馬も放り込まれているので、四面楚歌《しめんそか》ではないだろうが、それでも篁はマンデリン東京へは一度も足を踏み入れたことがない。

普段から出入りしている飛鳥馬とは、やはり立場も心境も違う。

「善し悪しは別として、篁が外堀を埋められてるのは、変わらないってこと？」

「思った以上に狭い世界だったんだな。というか、俺が同業者たちの横繋がりを甘く見てたんだろうけど」

「でも――だ。俺たちが明日からマンデリンに出向するとして、久我は気が向いたらいつでも様子を見に来ていいことになってるんだよな？　確か」

しかも、こうなると痴話喧嘩の域ではない。

それ相応の覚悟をして売った喧嘩とはいえ、まったく無関係なところから買われた気がして、理不尽を覚える。

「……うん。響一くんが進行見学できるように手はずを整えるって約束してた。披露宴に参加だけして、やらせを疑われても困るし、意味がない。だったら、準備段階から好きなだけ見て、どれだけ社長たちの人望があるか、恋愛と世間体が関係ないのかを、自分の目で見極めたらいいと思うって」

「それで、この問題の当事者たち三人をバッティングさせるのか？　しかも他人様の職場で」

「何か意図があるのか、俺には響一くんたちの考えることがわからないよ。ただ、強いて言うなら、もうそんなこと気にしてる場合じゃないし、余裕もなくなるんじゃないのか？　だって、見て。この披露宴の参加者リスト」

篁は、飛鳥馬から改めて画面に出して見せられた来賓予定のリスト名に度肝を抜かれた。

個々の名前はともかく、一緒に載っている肩書きがすごすぎる。

「──うわっ。なんだこれ⁉　国内どころか、欧米からも来るのか⁉　もしかして、フォールってピエロ・ル・フォールのことか？　あの欧州ホテル王の！」

中でも馴染みのあるホテル名、経営者が自然と目についた。

篁が目を皿のようにしている。

「うん。なんでもこれから、豪華客船で日本に来る予定があって、丁度着港日も合うらしい。それも香山社長を砂漠へ連れ去った石油王の友人も一緒で、俺がよくしてもらった登録員の桜《さくら》先輩もその船で仕事をしているから、ナイスタイミングだって。あ、ちなみにこの石油王と社長は和解済みだから安心していいって、安心できない説明書きまで添えてある。ははは っ」

飛鳥馬にいたっては、現状自体が都市伝説に思えてきた。

ざっと見た名前の大半は確かにホテル関係者だが、残りは〝ホテルも持っている〟複合企業のトップたちだ。

それこそアルフレッド・アダムスレベルの大富豪がゴロンゴロンしている。

長者番付をそのまま見ているようで、声が震えるどころか、逆に笑いが込み上げてきた。

人間、自分のキャパシティをはるかに超えると、逆に感覚が鈍くなるようだ。

「なんにしても、豪華客船か。すごいな――。香山配膳って、そんな仕事もあるのか」

「うん。ただ、これに関しては、船会社がマンデリン系列で、サービス向上のために依頼がきた経緯かな。普通のリゾート派遣は国内にワンシーズンぐらいだけど、これだけは三ヶ月単位で更新の契約で、特殊というか異例な仕事だから」

「……だとしても。そんな船の上でまで社長の顧客とバッティングするって、恐ろしいな。というか、単純に香山社長の横繋がりがすごいってことなんだろうけど……」

「だよね～」

飛鳥馬と篁は現実逃避のように、世間話で身を寄せた。

「このメンツ相手に和洋中の折衷か――。いったい予算はいつ決まるんだ？　それによって、食材調達もあるよな？」

「この席順って、どうやって決めたらいいんだろう？　そこは響一くんがしてくれるのかな？　だとしても、来賓の話せる言語まで頭に入れて、テーブルの担当者を決めないといけないよな？　誰が何語を話せるなんて、俺は知らないぞ。ここから始めないといけないってことか？」

それでも習慣なのか、二人は自分の成すべきことを検討し、思いつくまま口にした。

だが、何もかもが桁違いな予感しかしなくて、段取りを考えれば考えるほど、再び頬肉が引きつってくる。

「ぷっぷ」

すると、二人の間に移動したウサギが、「構って構って」と脚をパタパタさせ始めた。

それを見た篁が、飛鳥馬の肩を抱いてくる。

「とりあえず、この件は明日から考えることにして、今夜は寝ないか？」

「……そうだね。一度冷静になったほうが堅実そうだ」

そう言いつつも、キスを交わそうという気力や欲情さえ起こらないのはいかがなものか。

飛鳥馬と篁はこの日初めて、ウサギを真ん中に川の字で寝てしまった。

7

いったん考えることを拒否して、ぐっすりと眠ったことがよかったのだろう。

翌日、飛鳥馬と篁は、スッキリと目覚めた頭で、ホテル・マンデリン東京へ向かった。

「しばらくお世話になります。モン・シュマンの篁恭冴です。よろしくお願いします」

「――こちらこそ」

「どうぞよろしく」

まずは突然決まった今更結婚披露宴に関して、中心となって動く宴会課の部長、課長の二名と、各キッチンの総料理長三名との顔合わせからだ。

ただ、響一と響也の提案とはいえ、お互いに顔を知らないのは篁だけ。本人も心配していたが、完全なアウェイ状態で、しかもこの中では最年少で総料理長を務めるとあり、飛鳥馬もかなり気を揉んでいた。

(ものの見事に年配者ばかりだもんな。モン・シュマンでやれと言われてもきついだろうに、ここは他社だ。できる限りのフォローはしなくちゃ。特に、メンタル面を――)

飛鳥馬も周囲に気を配り、常に会話にも気を配ったが、このあたりは集まった目的が目的だったことから、思いのほか円満に打ち解けてのスタートとなった。

発起人である響一たちの根回しもよく行き届いており、誰もが香山と中津川のためにという祝福気分、さらにはお祭り気分とあり、協力的な姿勢が作られている。

かつてないＶＩＰ揃いとなる招待客から人数までもが揃う披露宴だけに、さぞ緊張からピリピリとするのではないかと危惧をしたが、そこはいつもと変わりなく――と、宴会部長から微笑まれた。

特別に意識することなく、お互い普段どおりの仕事でベストを心がけるのが一番ですよと言われて、飛鳥馬自身もかなり落ち着いた。と同時に、篁以上に緊張していたことにも気付けて、いい具合に肩から力を抜くこともできた。

とはいえ、いざ準備を開始すると、数日もしないうちに〝何かにつけて規格外〟という重圧がのしかかってきた。

飛鳥馬自身は五百人から七百人規模の披露宴やパーティーをこなした経験もあれば、そこで陣頭指揮を取ったこともある。

だが、これはあくまでもホテルや式場側が用意した基本プランに、多少のオプションが加わるかどうかというものであり、食事のコースも高くて三万円を超す程度だ。この設定人数で単価が四万円を超えたケースは経験がなかった。

それだけに、飛鳥馬は篁が最終的にどんな形で折衷コースを立ててくるのかが気になり、気持《せ》ちが急いたのだ。

できればイメージだけでも教えてほしくて、篁のもとへ向かった。

篁は資料を見ながら、休憩室の隅でメモを取っている。

「準備期間を考慮して五万円の基本コースにアルコール予算が一人五万円って、事実上お一人様十万コースってことだよな？　しかもこの考慮って、ようは今回みたいな準備期間じゃ素材集めに苦しむ可能性があるから、料理で十万は難しいだろう。そこは高価なワインで補っていいよって話だろうが、考慮するならまずは人数にしてくれだな。まだ増えるかもしれないって、ビュッフェじゃないんだぞ。最低でもここだけは確定はしてくれよ」

いつになくブツブツ漏らしていた篁の隣に、飛鳥馬が腰を下ろした。

「メニューの大筋は決まった？」

気遣いながらも聞くと、篁が苦笑いを浮かべる。

「一応。ここの和洋中の料理長から基本のコースや、この際だから出してみたいメニューがあればってことで、候補を挙げてもらった。味の流れもあるから、一度試作で確認してラインナップを決めることになるだろうけど――。やたらに品目を増やすとかそういうことはしないよ。あくまでも一品のグレードを上げていく形で調整するつもりだ」

篁の手元には、ここでの洋・中・和の基本コースメニューの写真や、オプションコースの写真が集められていた。

それを目にしたところで、飛鳥馬がハッと気付く。

「そう。あ、それでも一応、これは頭に入れておいて。三時間枠とはいえ、乾杯からコーヒーの配膳までのタイムは約二時間程度。その中でできるプレゼンには限りがあるから、和食と中華は皿盛り基本で検討してもらえるとありがたい。あと、篁が総料理長を務める限りは、折衷とはいえ洋食がメインになるよね？　そしたら、マグロの解体ショーとか、北京《ペキン》ダックの切り分け的なのは、見栄えはいいかもしれないけど、全員に行き渡らせるまでのロスタイムが怖い。やるなら切り分けは主賓分だけとか、そういう縛りも考えないといけなくなってくるから」

時間を提示されたことで、篁もハッとしているようだ。

「――そうか。けど、この手のプレゼンで、主賓分だけっていうのはまずくないか？　席的に上下が出るのは仕方がなくても、客層自体にはそう差がないだろう」

「でも、披露宴のコースはレストランのコースとは違うんだよ。パーティー料理ともまた違う。響一くんが三時間設定のコースでって言ってきた限り、披露宴自体の形式も通常と大差がない。そしたら、料理の上げ下げのタイミングに催し物やお色直し？　みたいなものも絡むはずだから、通常コースのソルベまでを前半だと思って割り振りを考えてほしいんだ。そのあたりは、説明すれば各シェフたちもわかると思うけど」

そう。今更という話だが、篁が勤めているのはフレンチレストランだった。

モン・シュマンでのフレンチ担当とはいえ、宴会用に設けられた洋食キッチンの担当ではない。本人もその違いは理解しているはずだが、知識と実践では大きな違いがある。

それは作る側にも、運ぶ側にも言えることなのだ。

「そこは理性で理解できても、感情的にどうだろうな――。聞けば、香山会長がマンデリンの出身なんだろう？　そのせいもあって、香山社長とも縁が深い。特に年配社員が、あれしたい、これしたいとはりきってるんだが」

「そこは承知の上だよ。多分、響一くんもわかってるから、社長と面識のない篁に総括を任せたのもあると思う。客観的に進行だけを見られるだろう」

飛鳥馬が思わず身を乗り出した。

「――でもさ。披露宴の目的自体は、みんなで祝福のお祭りだろう。それに、この日の大広間はこの宴だけだよな？　そしたら多少の融通って利くんじゃないのか？　時間的には」

「篁！　アクシデントで狂う分には仕方がないけど、最初から押してもいいだろうって考えで設定するのは勘弁してくれ」

何でもないような会話から突然声を荒らげた飛鳥馬に、篁が「えっ⁉」と驚く。

だが、飛鳥馬は声のトーンこそ落としたが、語尾のきつさまでは緩めることができない。

そのまま話し続けてしまう。

「本当。たまにそういうことをへろっと言うシェフがいるんだけど、披露宴って基本時間厳守だから。この日だって、大広間は一日貸し切りだけど、翌日には朝から二組入ってる。終了後には、そのためのスタンバイもあるし、何よりダラダラ長引くと、疲れたな～で終わりかねないのが、この手の大規模な披露宴なんだ。そうでなくても、会食以上に食事から意識が離れがちになるんだから、予算分をきっちり満足させようと思ったら、会話やアルコールに意識を奪われないレベルでスムーズに食べてもらわなかったら、この値段でこんなもんかって思われかねないんだよ。本当、レストランとは感覚が別物だから、今回だけは意識を変えて」

飛鳥馬が言わんとすることはわかるが、篁にとっては思いがけない言われ方だった。

これこそ売り言葉に買い言葉ではないが、篁のほうも表情も口調もきつくなる。

「そんなにむきになって怒るなよ。俺はレストラン勤めしかしたことがないし、披露宴は請け負ったこともあるけど、せいぜい八十人程度だ。しかも、レストランウエディングだから、新郎新婦も食べるし。客が食べることから気が逸れるって……。意味がわからないよ」

「――なら、自分が参加したことのある披露宴を思い起こしてみて。飲み食いせずに歩き回る人や、時間枠度外視でスピーチしまくる人とか必ずいない？」

「そりゃ、一人や二人はお約束みたいにいるけど……。でも、今回みたいに、同業のプロばっかりが集まる披露宴で、さすがにそれは……」

「それが甘いんだよ。プロでも仕事から離れたら、どうしてかただの困ったお客さんになっちゃう人がいるんだ。けど、そのときは気分よくただのお客さんになっても、翌日になったらプロの目線で評価を始める。もちろん、この場合はホテルそのものもそうだけど、一番記憶に残るのは俺たちの接客と料理だ。社長やマンデリンに恥をかかせるわけにはいかないんだから、もちろん俺たちも全力でやる。ただ、肝心なキッチンの考えが甘いと、それが必ずフロアまで響く。だから、基本は時間厳守の調理設定をしてって、お願いしてるんだ。そうでないと、何かが起こったときのフォローに時間を取れなくなるんだよ」

これまでの経験からとはいえ、言いきった飛鳥馬にも後悔が起こる。

「了解。なんだかな――もう」

「……ごめん。言いすぎた」

形としては納得してくれたが、篁が気分を害したことは確かだ。

そうでなくても、疲れが見える顔つきに、脱力まで加わった。ここでは自分がフォローしよう、誰より助けになろうと思っていたのに、結果としては――だ。

「いや、いいよ。俺が迂闊《うかつ》だった」

「ううん。本当にごめん。ちょっと頭を冷やしてくる。俺がテンパりすぎた」

飛鳥馬は席を立つと、今一度頭を下げてから、その場を去った。

「飛鳥馬――、っあっ！」

篁は追いかけようと席を立つも、資料や写真が手元からこぼれて、その場にとどまることになる。

休憩室を出た飛鳥馬は、感情のまま足早に裏口へ向かった。

一度ホテルから外へ出て、晩夏の空を見上げる。

多少は涼しい風に頬を打たれるも、高ぶった感情が治まるには今少しかかる。

(最悪だ――)

こうなって初めてわかるが、すべての発端は自分にある。篁を始めとする、多くの人間を巻き込んでいることに、誰より気持ちが追い詰められていた。

しかも、よりにもよってそれを篁にぶつけてしまったことに、飛鳥馬は感じたことのない罪悪感を覚えた。

謝っても謝りきれない――と、膝から頽《くずお》れそうになる。

「別れ話以外でも、顔色を変えるんだな。仕事に入ると、こんなだったのか。初めて知ったよ」

急に背後に立たれ、声をかけられ、飛鳥馬は全身を震わせた。

「――尭裔さん!?」

振り返ると、そこにはシルバーグレイのスリーピースに身を包んだ久我がいた。

いつでも見学自由とは聞いていても、今日まで見かけたことがなかった。

それなのに、何もこんなときに――と、下肢から力が抜ける。

その場にしゃがみ込みそうになり、腕を掴まれて踏みとどまる。

「でも、まあ。悪くない。私の横でおとなしく笑っているだけの佳久とは、また違う魅力だ。どうせなら、もっと早くに気付くべきだった。一度でも香山の一人として仕事に立つ姿を見て、いつの間にか背負っていただろう責任を確認して、理解し評価するべきだったんだろうな――お前が理想とするパートナーになるためには」

「……」

最近聞いた中では、一番落ち着いた口調だった。

ある意味、飛鳥馬が一番聞き慣れている久我の言い回しであり、甘いトーンだ。

だが、かえってそれが怖くて、腕を解いた。

一度深呼吸をして、下肢に力を入れる。

「本当にお前が大事だったんだ。私が愛したために、私を愛してくれたがために、パリでは嫌な目で見られたこともあっただろう。私が側にいる限り、直接何か言ってくる者はいなくても、中には刃物のような視線を向けた者たちがいたはずだ。それは、私もわかっていた。別に、桐ヶ谷からの報告を受けなくても、ちゃんと自分の目で見ていたからな」

他に誰もいないとはいえ、ホテルの外だ。従業員専用の裏道だ。

飛鳥馬が知る限り、久我はこんなことを、こんなところで言い出すタイプではなかった。

彼は彼で、意識改革が起こったのだろうか？

飛鳥馬は、黙って耳を傾けることしかできない。

「ただ、それもあって……。お前が香山に籍を置くことになり、日本で生活をすると決めたときには、そういった視線に限界がきたんだと解釈していた。実際、こちらに住居を移してからのお前は生き生きしていたし、誰も私たちの関係を知らなかったから、過ごしやすいんだろうとも思っていた。だから、どうせならこの状況のまま普通に結婚をすれば、一生世間を誤魔化し、お前も笑っていられると考えた。もちろん、私自身がうるさい親戚たちから逃れたかったことも確かだが。自分たちが愛し合えて、幸せなら。また、理解し合えていれば、偽装結婚でもなんでもいいじゃないかと思っていた。まあ、一番肝心な、本人の理解を得ずに行動したことが、私の敗退の原因なんだろうがな」

どこへ視線を向けていいのか戸惑う飛鳥馬に、久我がそっと手を伸ばす。

「……」

しかし、反射的に身を引く飛鳥馬の姿に、久我もまた手を引いた。

それに驚き、飛鳥馬が伏せ気味だった顔を上げる。

「佳久。一つだけ聞かせてほしい。あのとき響一くんが言っていたが——。もしも私がお前の仕事や希望をきちんと理解し、認め、受け入れていたら。そして、その上でプロポーズをしていたら、答えは違っていたんだろうか?」

目と目が合うと、真っ直ぐに問われる。

「結婚してほしい。正々堂々と、パートナーであることを公言したい。私のために、これからも心ない世間からの目に堪えてほしい。私も一緒に堪えるし、常に同じ痛みを分かち合う。永遠に、お前だけを愛し続けるから――と言ったら」

想像だけでは察することのできなかった、久我の戸惑い。そして、深い愛。

確かにこう言われていたら、飛鳥馬は戸惑いながらも、ノーとは言えなかっただろう。

きっと、響一が言ったとおりだと、認めることができる。

「……うん。イエス。きっとそう言っ……⁉」

ただ、最後の応答のつもりで頷くと、同時に背後から腕を摑まれた。

「ふざけるな！　ちょっと揉めたくらいで、何ふらついてるんだよ。知らずにへろっと言ったことが、そんなに許せないことなのか⁉　そりゃ、仕事的に許せなかったことかもしれないが、だったら先に説明しろって話だろう！　俺は大型披露宴はド素人のシェフなんだから！」

鼓膜が痺れるほど怒鳴りつけられて、驚きから目を見開く。

視界に映っているのは、ウサギも真っ青なほど憤怒している篁だ。

その背後には、桐ケ谷も立っている。

「……なっ。何、馬鹿なこと言ってるんだよ。勘違いするな、今のは仮定の話だ」

「結婚してほしい、イエスで、何が仮定の話なん――っ‼」

大人げない争いになってきたところで、久我が間に割って入った。

「だから、世の中言葉一つで、とんでもなく裏目に出ることもあるよなって話をしてただけだ」

「俺はあんたとは話してない」

「いいから、聞け。私が、佳久が香山に勤めることを許して、普通にプロポーズをしていたら、佳久は永遠にお前のものにはなっていなかった。ただ、それだけの話だ」

先日のエントランスでの対峙とは、まるで逆だ。

落ち着きを取り戻したのか、久我は篁相手でも諭《さと》すような話し方だ。

「何がそれだけだ」

「残念だが、本当にそれだけなんだよ。私が手順を間違えたんだ。正しいと思ってしたことが、すべて裏目に出た。それを再認識していただけなんだから、最後ぐらいはこれまでどおりの穏やかでおとなしい佳久に別れを告げさせろ。私の知っている、素直で従順な飛鳥馬佳久にだ。仕事が絡むと凶暴かつ暴言吐きまくりだが、それさえお前には魅力的に映る、お前の飛鳥馬佳久にじゃない！」

しかし、それも話の途中から崩れ始めた。

最後は吐き捨てるかのように言いきった。

これには、篁以上に飛鳥馬のほうが驚いてしまう。

「――⁉」

「……尭喬さん」

ああ、だから久我は落ち着きを取り戻したのか――と、飛鳥馬も納得した。

彼の中では、自分に向いていた飛鳥馬と、篁と向き合う飛鳥馬は、もはや別人なのだ。

必死になって背伸びをしようとしていた飛鳥馬と、無理なく自然に目線を合わせている飛鳥馬。どちらも同じ人間だが、あえて違うと割りきることで、別れを認めて受け入れたのだろう。

「本当に、もっと早くに気付くべきだった。まさか、あんなどうでもいいことでお前と喧嘩ができる彼を、羨む日がくるとは思わなかった」

やるせなく浮かべた笑みが、なぜか清々しい。

不思議なことだが、飛鳥馬には見た覚えのない久我の表情だ。

「そして、私自身も。思ったことを感情のままに口にするってことが、こんなに気持ちのいいものだと気が付くのが遅すぎた。桐ヶ谷は嫌がるだろうが、私もイエスマンはやめにする」

「尭喬様。それはどういうことで」

「これはこれで楽しい人生が始まるだろうってことだ。まあ、なんにしても、グレースたちには事情を話して、婚約を解消しないとな」

どうせ開き直るなら、とことんとでも思ったのか。久我は桐ヶ谷に細やかな嫌みをぶつけつつ、グレースとの別れ話を口にした。

これには飛鳥馬も篁と顔を見合わせてしまう。

「それでしたら、すでに先方様からお話がきております。代わりに了承しておきました」

だが、ここまできても、秘書・桐ヶ谷はマイペースを貫いた。

「何!?」

「なんでも、グレース様のお父上が、香山様たちの結婚披露宴に招待されて、喜んで出席するそうです。それを聞いたら、馬鹿馬鹿しくなられたとかで……。もう親の顔色なんか窺うものかと、大層憤慨されて。ただ。その反面、マルティーヌ様と一緒に嬉しそうに帰国をされましたので、慰謝料なしの円満婚約解消です。尭喬様にはくれぐれもよろしくと言付けられました」

「――」

久我は今こそ、突然結婚話をされた飛鳥馬が、どれほどショックを受けたか、身をもって知ったかもしれない。

しかし、怒鳴るどころか、茫然としている。これが性格の違いなのか、衝撃の度合いの違いなのかは、飛鳥馬にも判断が難しいところだ。

「そして、佳久様と篁様には、いつか私たちの結婚披露宴をお願いしたいと」

まあ、間違いなく、衝撃の度合いが違ったのだろうが――。

＊＊＊

そもそもが、降って湧いたような大仕事のストレスによる八つ当たりからの痴話喧嘩だ。

飛鳥馬との誤解が解け、目の上の瘤《こぶ》だった久我が諦めて退くとなれば、篁に怒り続ける理由はない。

当然、飛鳥馬に言い訳をする必要もなく、その後は円満に仲直りだ。

それぞれが一日の仕事を終えた二人は、ウサギの待つマンションの部屋へと帰宅した。

ゆくゆくはわからないが、二人揃ってマンデリン東京へ通う間は、飛鳥馬の部屋に寝泊まりでいいか――という、話にまで落ち着いている。

「ぷっぷ～」

遊び相手が増えた上に、見栄えのよい極上な食事を出してくれる篁の存在に、ウサギはすっかりはしゃいでいた。

しかし、帰宅後ウサギに餌をやり、シャワーまで借りて落ち着くと、篁は溜息交じりに飛鳥馬のほうを見た。

「なあ。飛鳥馬」

「何？　どうしたの」

飛鳥馬はかつてないほどの八つ当たりをした後悔と反省からか、キッチンでいそいそと缶ビールや摘まみの用意をしていた。

それらをリビングへ持ち込み、テーブル上へ置くと、ソファへ座る篁の隣へ腰を下ろした。

付き合い始めてまだ短いが、とても自然な感じがした。

パジャマ姿の二人の間で、人参を前脚に抱えて、ボリボリ食べているウサギまで含めて違和感がない。

「いや、ごめん。久我のことだけどさ――。響一くんたちにボコられ、飛鳥馬や女たちに去られた上に、あの秘書だけが手元に残るっていう現実に、ちょっとだけ同情してもいいかなって。いや、俺が同情っていうのは違うってわかってるんだけど……」

何かと思えば、篁なりに引っかかっていたらしい。

言われるまでもなく、これに関しては飛鳥馬も同じように感じていた。

「うーん。篁がする同情なら、まだいいんじゃないかな。俺のほうがそういう立場にないから」

だが、これればかりはどうしようもない。

飛鳥馬が別れた久我にできることなど、今は何もない。

いずれ形を変えて、役に立てる日がくるかもしれないが、納得して別れた限り、このまま距離を置くのが互いのためだ。

飛鳥馬だけではなく、久我のためでもあるだろう。

そして、因縁を引きずっていた篁のためにも――。

「そうか。でも、そうだよな。一人ぐらい同情しなかったら、本気で気の毒だよな。けど、桐ヶ谷って秘書は、ずっとあの調子なのか？　俺は、主のためにあれこれ根回しされて、ちくしょうって感じだったけど。今日のは当の主だって、ちくしょうって思う内容だよな？　けっこうな仕打ちっていうの？」

「そうだな。俺が知る限り、十年前からまったく変わらない。俺の知らないところでは、多少は違うのかなとか思ったけど、そうじゃなかったみたいだし。有能は有能だけど、誰に対してもあの対応っていうのは、一貫してるんだろうな。ブレがないといえば、それまでだけど」

飛鳥馬は用意してきた缶ビールのプルトップを外して、篁に手渡した。

そして、自分の分も手にして開けると、今夜は小洒落たグラスに注ぐこともなく「乾杯」だ。

「まあ、それを承知で雇ってるんなら、久我の自由というか、自業自得ってことか。あいつ意外とドMなのかもな」

「え？」

「いや、なんでもない」

今更結婚披露宴が無事に終わるまでは、気力、体力を温存だ。

そこは篁だけではなく、飛鳥馬にも言えることなので、ここは簡単に済ませてしまう。

それでも二人で飲むビールと、ちょっと摘まむ程度のチーズ・ア・ラ・カルトは、モン・シュマンのラウンジバーと同じほどのトキメキを飛鳥馬にくれる。

だからだろうか？

篁も同じ気持ちでいるといいな——と、飛鳥馬は心から願ってしまう。

「それより、なんとなく収まってるふうになってるけど、今日は本当にごめんな」

しかし、一気に喉を潤した空き缶をテーブルへ置くと、篁は飛鳥馬の肩を抱いてきた。

「あれから料理長たちとも、改めて話をしたんだ。俺自身がマンデリンではお客さんってことで、遠慮があったのも確かなんだけど。そういうのが、危険なんだってわかったからさ」

話はいたって真面目だが、肩を抱く手は首をなぞり、飛鳥馬の髪をさらりと撫でる。

「それに、いざとなったら俺のフレンチはコンソメだけでも主張できるし、勝負ができる。それ以外は他に任せても構わないぐらいの自信はあるから、そういったところから話し合ったら、なんとなくばらつきのあったメニューのコンセプトがまとまったんだ。派手な演出とかプレゼンよりも、一品一品丁寧かつ着実に作っていこうって。配る側、進行する側のことまで含めて考えて、最高のフルコースで来賓をもてなそうって」

しかも、真っ直ぐな瞳で「コンソメだけでも」と言いきった篁に、飛鳥馬は改めて彼のシェフとしての実績と確固たる自信を垣間見た。

これはこれで熱っぽくて、たまらなかった。

簡単に言えることではないのだ。真摯に料理と向き合い、長い下積みに堪えて、センスを磨き。そうして築き上げてきたのだろう揺るぎない強さと完成度、更にそこからの探究心があるからこその一言だ。

職人としての彼が、今一度飛鳥馬の高揚を誘った。

やはり、こんなところからも、飛鳥馬は篁を好きだと自覚する。

篁でなければ、この欲情にも似た感動は得られなかっただろうと思う。

「――篁」

反省したいし、改めて謝罪もしたいのに、頬のあたりが火照ってきた。

それを察したように、篁の指が眼鏡のフレームに絡んで、いたずらに弄る。

狭間に置かれたウサギが、人参を抱えたまま、「ぷぷっ」と何かを言って見上げている。

「なんか。わかったつもりではいても、やっぱり実践でこなしてないから、理解できてなかったんだよな。いい勉強になったよ。この先、こんな大規模な宴会を任されることがあるとは思えないけど、ないとも言いきれないからさ」

眼鏡のフレームをずらしながら、篁の唇がこめかみに押し当てられた。

両手で掴んだ缶の中身が、すでに空でよかったと、今夜ほど思ったことはない。

飛鳥馬は、缶を握る手から力を抜くと、それを足下へ転がした。

ウサギがおもちゃと勘違いしてか、それを追いかけて、ソファの上から飛び下りる。

「俺のほうこそ、ごめん。あれは、俺がテンパって怒っただけなのに、そんなふうに言ってくれるなんて……。篁、人がよすぎだよ。ありがとう」

少し寂しい気もするが、空いたウサギの分だけ身を寄せた。

眼鏡も自ら外して、テーブル上にそっと置く。

「それを言うなら、俺も怒鳴ったからな。普通に考えたら、わかりそうなものなのに――」

すると、クスクスと笑いながら、篁が改めて頬にキスをしてきた。

背筋が震えて、いっそう飛鳥馬の頬が紅潮する。

それを煽るように、篁の両腕が背に、そして胸に絡みつく。

ドキン――と、いっそう胸が高鳴った。

「でも、俺はどういう理由があっても、聞きたくなかったんだろうし。内容を変えたら、飛鳥馬もそういうことだと思うよ。飛鳥馬はどこの誰より、俺からはああいった迂闊な発言は聞きたくなかった。むしろ、言ったのが俺だったから、あそこまで怒った」

飛鳥馬は、自分からも両手を絡めて、篁を抱き締める。

会話が途切れてしまったのは、どちらからともなくキスをしたためだ。

ほろ苦いビールの香りさえ、今夜は甘美だ。

「自惚れって言われるかもしれないが、それだけ同業者としての俺が、飛鳥馬に認められている。受け入れられて、惚れてもらったと思っている」

心身から疲れていた自覚はあるのに、もう一度キスがしたくてたまらない。

だが、それは篁も同じなのか、唇を離したと思うと、啄んでくる。

飛鳥馬も負けじと返していく。

「そうか……。そう考えると、俺もあそこで怒鳴られてよかったと思うから不思議だな。やっぱり篁は饒舌だよ。俺なんか敵わない」

「ハンバーグを撤退させたラーメンだからな」

今夜も早く寝ないとな――などと、家路の途中では話してきた。

しかし、今にして思えば、それさえ極上な誘い文句であり、求愛の囁きだったように思う。

「篁。俺も、これまで以上に意識して、料理を配るよ。ベストな形で、美味しく食べてもらえるように。気持ちよく食べてもらえるように――」

飛鳥馬が照れくさそうに微笑むと、篁がドキリとしたような顔で「本当かよ」と呟いた。

あまりにタイミングのよい言葉を発したことに気付いて、飛鳥馬が「あ……」と更に頬を赤らめたのは、そのままソファに押し倒されてからだった。

あとがき

こんにちは、日向《ひゅうが》です。

本書をお手にとっていただきまして、誠にありがとうございます。

明神《みょうじん》 翼《つばさ》先生の素敵なイラストでお届けしている香山配膳《かやまはいぜん》シリーズも第六弾となりました。今回は一度組ませてみたいな～と思っていた「料理人×配膳人」でしたが、いかがなものでしたでしょうか？

前作の舞台が「豪華客船」だったこともあり、また普通人（間違っても潜水艦をポンと買って、ゴールドに塗りたくったりしない！）同士で地味目な気はいたしますが（笑）。自分としては、地に足が着いているところが気に入っております。楽しんでいただけましたら幸いです。

さて、ここからは製作秘話などを――。

まずひとつ目は「タイトル」。

最初の仮タイは「同窓会の夜に……」「求愛の夜に……」でした。が、いやいや同窓会のあった夜にはうさの助《すけ》に蹴られて終わったよ！　だったので、テーマの一つが食でもあるので「美食の夜に……」となりました。

校正をしていたときぐらいにふと思いつき、これでいこう！　と。

相手の料理に胃袋を摑《つか》まれたのが受け（＆ウサギ）という珍しいパター

ンではありますが、美味《おい》しいご飯でよかったね！　ということで（笑）。

二つ目は、最愛の飼い主様を突然奪われた「うさの助」。

今回、なぜペットちゃんがウサギなのかというと、攻めがフレンチのシェフだから——ということではなく。以前、クロスさんの既刊で「Bloody Life」という半人外？　変身もの？　を書かせていただいたのですが。そこには人狼と吸血鬼のミックスである主人公（なのに月夜に変身するのは豆よりもちっさい小豆柴犬！）が狩り（ちょぴっと吸血させて）をするために新宿御苑《しんじゅくぎょえん》に出向いて、野生動物を追っかけ回しているシーンがあるのです。で、その中に出てくる追われウサギの一羽が本書のうさの助です。

当時、ところでウサギって鳴くの？　と、あちらこちらの動画を探しまくって、ようやく辿り着いたのが「ぶっ」「ぷっ」でした。

実際、聞く人によっては別のように聞こえるかもしれませんが。私の中ではこれでOKということで、そこから更にアレンジ（結局フィクション！）がかかって、「ぷっぷぷー」やら「ぷーっ」で表現することになりました。

いや、趣味丸出しなのは承知しておりますが……（汗）。

あとがき

しかも、このたびのカバーイラストも、候補が二枚ございまして。どちらもめちゃめちゃ素敵で悩んだのですが、最後の決めが「うさの助のキュートな腹と尻を皆様にもお見せしたい！」でした（笑）。

完全に好みですが、好きなものは仕方がない!! で、担当さんを電話の向こうで微苦笑させながらも「こちらで♡」と。

三つ目は物語の時期。

これも前作の「豪華客船」に絡むのですが、どうして社長と専務の今更披露宴をすることになったのか——という裏設定が、この「美食」です。

なので、このお話では「あーよかった」で終わっていますが、このあと「桜《さくら》（香山配膳）が乗った客船が大変なことに！」という騒ぎになるわけです。このあたりはお手持ちの方は今作と合わせて、未読の方はご興味が湧きましたら、ぜひ読んでみていただけると嬉しいです。

四つ目は——秘話というほどではないですが。

私自身、物書きが仕事になる前は様々な仕事をこなし、その中にこの配膳サービスがありました。本当にそのまま話になりそうなことが起こったり、キャラの濃い仲間がいたりで、この仕事の中で香山のネタは蓄えた感じです。

もちろん、香山配膳という組織を設定するにあたっては、サービスを極めるとしたら、自分の経験した以上の何が必要なのかは「理想」の部分です。ですが、やってやれないレベルではない、現実にあっても不思議ではないのが香山配膳という組織、またはTFというチーム、配膳人なので。外食や宿泊の際、いつかそんなサービスマンと出会えたらいいなと思っております。ただし！　こちら側のマナーとそれなりの出費は必要かも（爆）ですが。

なんにしても、こうした理想の世界を仕事として書き続けることができてきた自分は、とても運がいいし幸せです。これも執筆に携わってくださるすべての方々、そして読み続けてくださる皆様あってのことです。感謝が絶えません。ありがとうございます！

今後も楽しんでいただけるよう、ドキドキわくわくしていただけるよう、精進していきたいと思います。

またクロスさんで、他のどこかでお会いできましたら至極幸いです。

日向唯稀《ゆき》

http://rareplan.officialblog.jp/

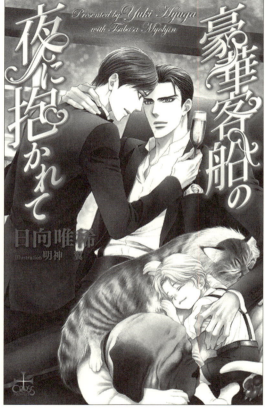

CROSS NOVELSをお買い上げいただき
ありがとうございます。
この本を読んだご意見・ご感想をお寄せください。
〒110-8625
東京都台東区東上野2-8-7　笠倉出版社
CROSS NOVELS 編集部
「日向唯稀先生」係／「明神　翼先生」係

CROSS NOVELS

美食の夜に抱かれて

著者
日向唯稀

2018年9月23日　初版発行　検印廃止

発行者　笠倉伸夫
発行所　株式会社　笠倉出版社
〒110-8625　東京都台東区東上野2-8-7　笠倉ビル
[営業]TEL　0120-984-164
FAX　03-4355-1109
[編集]TEL　03-4355-1103
FAX　03-5846-3493
http://www.kasakura.co.jp/
振替口座　00130-9-75686
印刷　株式会社　光邦
装丁　磯部亜希
ISBN　978-4-7730-8893-9
Printed in Japan